Is my brother a detective
who can love mystery monsters?
お兄様は、
怪物《なぞ》を愛せる
探偵ですか？
ツカサ
イラスト 千種みのり
JN049372

「──怪物は存在しない。
今からそれを証明する」
混河葉介《まぜかわ・ようすけ》

「わたしはお兄様の助手だもん。
傍で守らなきゃ意味ないでしょ？」
混河夕緋《まぜかわ・ゆうひ》

「今回も、見事に謎を解き明かしてちょうだいね」
白羽奏　しらは・かなで

「全部〝焔狐《ほむらぎつね》〟の仕業——
なんてことあるはずないのに」
春宮由芽 はるみや・ゆめ

「あの……お兄様、今夜も……いい？」

「俺は風呂がまだだけど」
「いいよ、気にしない」
柔らかで温かい肢体の重みが伝わり、
首元に熱い吐息が触れた。

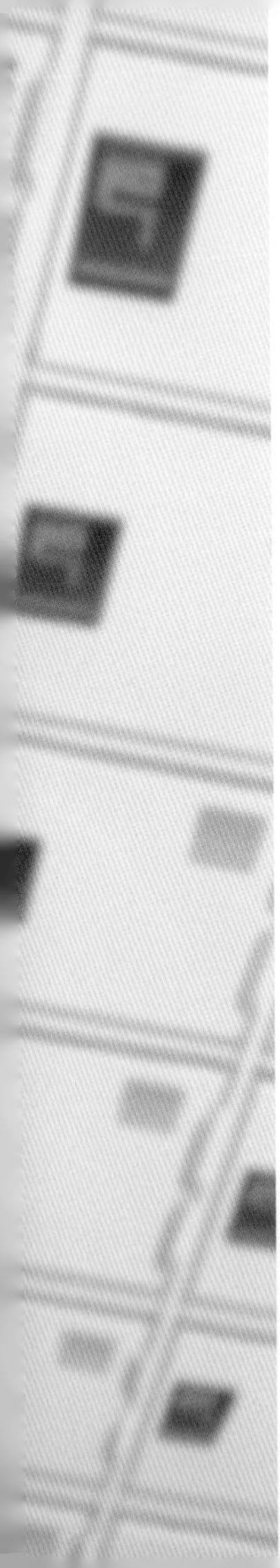

Contents

Is my brother a detective
who can love mystery monsters?

design Caiko Monma(musicagographics)

お兄様は、怪物《なぞ》を愛せる探偵ですか？

◆◆◆

Is my brother a detective
who can love mystery monsters?

ツカサ　イラスト　千種みのり

混河葉介	まぜかわ・ようすけ	謎を解くことで、怪物を封じる力を持つ青年。
混河夕緋	まぜかわ・ゆうひ	葉介の妹。事件を捜査する際の助手も務める。
春宮由芽	はるみや・ゆめ	春宮家の現当主を務める少女。
白羽奏	しらは・かなで	“捜査六課”の女刑事。
春宮秀樹	はるみや・ひでき	伊地瑠村の村長で、由芽の伯父。
混河純夜	まぜかわ・じゅんや	混河家の家長代理を務める、葉介と夕緋の兄。
春宮睦	はるみや・むつ	由芽の祖母で春宮家の前当主。三年前に失踪。
半野義正	はんの・よしまさ	村唯一の医者。焼死体となって発見される。
半野廻	はんの・めぐる	半野義正の息子。
早瀬一郎	はやせ・いちろう	春宮家の使用人。
伊統重人	いとう・しげと	伊地瑠村にある火乃見神社の神主。

序章

謎《なぞ》は毒だ。
人を侵す毒。
人間は科学の力で様々な謎を解明してきた。
雷などの自然現象の仕組み、病の正体、空の彼方で輝く光までの距離――。
だが謎は新たに生まれ続ける。
その解明を諦《あきら》めてはならない。
謎が謎のままであることを認めてはならない。
認めれば、人の進化は止まる。
謎という揺らぎは、未知のベールで真実を覆い隠し、人を退化させる。
それは時として、人を怪物まで巻き戻す。
俺――混河葉介《まぜかわようすけ》は、そんな悲劇を何度も目にしてきた。

街の夕暮れには、どこか浮ついた雰囲気がある。

仕事や学校を終えて帰宅する人々は、疲れているはずなのに妙に嬉《うれ》しそうだ。

まるで今この時から一日が始まるかのよう。

サラリーマンたちが飲み屋の暖簾《のれん》を潜《くぐ》り、学生グループがカラオケ店へと吸い込まれていく。

そういった様子は、田舎育ちの俺にとって未《いま》だ新鮮なものとして映った。

――その元気はどこから湧《わ》いてくるんだか。

俺は心底羨《うらや》ましく思いながら、人波の中を行く。

「お兄様、どうかした?」

すると隣を歩いていた少女が、俺に話しかけてきた。

「別に――都会は騒がしいなと思っただけだ」

そう答え、少女の方を向く。

赤みを帯びた瞳《ひとみ》と視線が絡まる。

猫のような無邪気さと愛らしさを感じさせるパッチリとした目に、艶《つや》のある唇。

生まれながらに色素が薄い髪は、夕焼けの光を浴びて真紅に輝く。

小顔でスタイルも良く、長くスラリとした足で歩く様は、それだけで周囲の視線を惹《ひ》き付けていた。

客観的な評価として、彼女は間違いなく美人と評される人間だろう。

だが同行者が注目を浴びても、俺にとってメリットは何もない。

彼女を目にした人間の多くが一瞬足を止めるせいで、うっかりぶつかってしまいそうになり、その度にこちらが慌てて避けねばならない。

本人は周りに影響を与えている自覚もないのか、ただニコニコと口元を綻《ほころ》ばせて俺を見つめていた。

「もしかして地元が懐かしい？　実家に戻りたい？」

期待に満ちた声で彼女は問いかけてくる。

「いや、それはない」

「ええー……」

「夕緋《ゆうひ》こそ、戻りたいなら戻ればいい」

俺は彼女——俺の妹である混河《まぜかわ》夕緋に言う。

「もう、何でそんなイジワル言うの？　わたし、お兄様を追いかけて東京の高校に転入したのに……」

頬《ほお》を膨らませる妹。

愛らしい仕草ではあるが——。

「頼んだ覚えはないぞ」

「でも、わたしがいて助かってるでしょ？　生活力皆無のお兄様が、いきなり一人暮らしなんてできるわけないんだから」

「…………」

それに関しては反論できない。

毎日のように家へ押しかけてくる妹がいなければ、まともな料理など口にできず、生活リズムも崩壊していたことは想像に難くなかった。

「あと〝お役目〟にも助手が必要だし。実際、わたし以外の人に頼めるわけ？」

「…………」

沈黙は肯定。

「できないよねー？　家族でお兄様の味方は、わたしだけなんだから」

「――嬉《うれ》しそうに言うな」

嘆息する俺に、夕緋は悪びれた様子もなく笑いかける。

「だって楽しいもん。お兄様と一緒なら〝お役目〟だって何だって――あ、ほらあそこが現場だよ。今回もばっちりお兄様の力になってみせるんだから」

夕緋が指差したのは、高いビルに挟まれた薄暗い通り。

道の左右に放置自転車が並んでいるため、ただでさえ狭い道がさらに狭まっている。

「――カマイタチ事件、か」

俺は〝お役目〟で解決しなければならない案件の名を呟《つぶや》く。

「そうそう！　で、カマイタチって何だっけ？」

「おい助手」

「ん？」

基本的なことも分かっていない助手に俺はツッコむが、彼女はきょとんと首を傾《かし》げるだけ。

俺は諦《あきら》めて簡単に説明することにした。

「……カマイタチは出会ったものに鋭い切り傷を与える妖怪《ようかい》の一種だ。近代では真空状態による裂傷やつむじ風で巻き上げられたものによる切り傷ではないかと言われていて、自然現象として捉《とら》えている者も多い」

「さすがはお兄様！　大学で民俗学の勉強をしてるだけあるね！」

「いや、これはほぼ一般常識というか……まあいい、とにかくそのカマイタチを連想させるような出来事が、あの通りで頻発しているんだ」

「怪我《けが》した人がたくさんいるんだよね？」

夕緋《ゆうひ》の問いに頷《うなず》く。

「ああ、三か月ほど前からこの道を通った人間が何人も裂傷を負っている。放置自転車や何かに接触したわけでもなく、道の真ん中を歩いている時に突然痛みが走り——傷に気が付くそうだ」

俺の説明を聞いた夕緋が不思議そうに首を捻《ひね》った。

「ふぅん？　でも自然現象ならそういうこともあるんじゃない？」

「自然現象としてのカマイタチも、実は割りと眉唾《まゆつば》ではあるんだよ。仮に真空状態が発生しても人の肌はそう簡単に裂けないし、飛んできた砂や小石で切り傷を負うことも稀《まれ》だ。少なくとも——三か月の間に十件以上なんて頻度で起こることじゃない」

「ええ!?　自然現象じゃないなら、妖怪の仕業ってことになっちゃうじゃん？」

夕緋の言葉に俺は苦い表情を浮かべる。

「そういう発想をする奴《やつ》がいるせいで、この事件は都市伝説になりつつある。おかげで午後からの予定が滅茶苦茶《めちゃくちゃ》だ」

「お兄様、何かやることがあったの？」

「早く帰って寝る」

「……〝お役目〟してた方が、まだ有意義じゃん」

夕緋の指摘は聞こえない振りをして、俺は事件現場に足を踏み入れる。

「ちょっとお兄様、危ないって！」

ハッとして前に出ようとする夕緋を俺は身振りで制止した。

「心配ない。ＳＮＳで噂《うわさ》が大きくなってから事件は起きていない。犯人が警戒して犯行を止めたんだろう。ただ新たな事件が起きなくても噂は広がっていく……」

俺は大きく嘆息する。

「全く──妖怪《ようかい》なんて信じる人間がいるから、面倒事が増えるんだ」

どうしてそんなものがいると思うのか。

〝本物〟を見たことなどないはずなのに。

「犯人……やっぱりこの事件にも犯人がいるんだ?」

夕緋《ゆうひ》の問いに俺は顰《しか》め面《つら》で頷《うなず》く。

「当たり前だろ。カマイタチ──妖怪なんて〝怪物〟は、存在しないんだから」

俺はそう告げてから、現場の観察を始めた。

ここはビルの裏手に当たるため、壁面には窓も通用口もない。目立つものと言えば放置自転車とアスファルトの地面に転がるゴミぐらいなもの。

「あー……この先、さらに道が細くなってるんだ。すぐ横に広い道があるし、わざわざこんなところ通らないよねー」

夕緋が道の先を見て呟《つぶや》く。

「そうだな。構造的に抜け道としても機能していない。だからこそ放置自転車の温床になったんだろう」

「つまりここを通るのは、自転車を置きに来る人がほとんどってことかー。もしかして、悪い事している人への制裁が目的だったり?」

夕緋は自分の考えを述べるが、俺は首を横に振った。

「いや、それにしては被害者があまりに偏っている」

「どういうこと？」

「被害者の大半が女性で、皆が足を怪我《けが》している」

暗記した事件データを述べると、夕緋が驚いた表情を浮かべる。

「あー……確かに偏り過ぎかも」

「事件発生の時間帯も夕方から夜にかけて。これだけ偏りがあれば、自ずと見えてくるものがある」

俺がそう言うと、夕緋が期待の表情で問いかけてきた。

「お兄様、もう犯人分かっちゃったの？」

「事件の情報を一通り見た時点で、犯人像は絞り込めていた。〝六課〟に該当人物を洗い出してもらっている。ここへ来たのは、証拠を見つけるためだ」

俺はそう言いながら放置自転車を一台一台チェックして、さらに落ちているものにも目を凝らす。

「むー……〝六課〟ってあれでしょ？　お兄様にちょっかいをかけてる警察のお姉さんでしょ？　あんなのよりわたしを頼ってよー」

何やら妹がむくれていたが、俺は無視して調査を続けた。

——最後の事件から一週間ほど経っているが、まだ残っている可能性はある。

謎《なぞ》を解くには鍵《かぎ》が要る。

推測だけではダメなのだ。

証拠がなければ、どんな推理でも説得力は皆無。

ここで物証が見つからなかった時は、また別の角度から証拠を探さねばならない。

と——そこで目的のものを発見し、安堵《あんど》の息を吐く。

「お兄様？　何か見つけたの？」

「ああ、今から犯人のところへ向かおう。〝六課〟に段取りを整えてもらう」

「また〝六課〟ぁ？　ねえねえ、わたしの出番はー？」

不満げな声を上げる夕緋《ゆうひ》。

だが俺は構うことなくスマホを取り出し、今回の依頼者である〝彼女〟に連絡を入れた。


玄関の扉を開けると、不快な匂《にお》いが漂ってきた。

廊下には縛られたゴミ袋が複数並び、奥の部屋にはペットボトルが転がっているのが見える。

「うわー、汚い部屋ー」

夕緋が顔を顰《しか》めて言う。

だが俺はこの部屋の主を蔑《さげす》む気にはなれなかった。

もしも夕緋がお節介を焼きに来なければ、恐らく俺の部屋も似たような惨状だっただろうから。

「お邪魔しまーす！　返事がなかったから、借りた鍵で勝手に開けちゃったよー？」

奥に向かって夕緋が呼びかける。

「留守かな……？　電気は点《つ》いてるけど」

「入れば分かる」

俺はそう言って部屋の中に入った。

「あっ！　だから危ないって！　先に行かないでよぉ！」

夕緋も慌てた様子で後に続く。

ここは〝カマイタチ事件〟の現場近くにあるワンルームマンション、その一室。

探すまでもなく、部屋の奥にあるベッドの上に家主を発見する。

俺とそう年齢の変わらない男が、頭を抱えてうずくまっていた。

下を向き、腕で耳を塞《ふさ》ぐ形になっているせいで、未《いま》だ俺たちに気付かない。

ギシギシとベッドが微《かす》かに軋《きし》んでいる。

それは男がベッドの柵《さく》を握りしめ、体を震わせていたから。

まるで何かに怯《おび》えているかのように。

「あのー」

夕緋《ゆうひ》が声を掛けるが、反応はない。

「おーい、お邪魔してますよー」

埒《らち》が明かないと思ったのか、夕緋は彼に近づいて軽く肩を叩《たた》いた。

「え──」

男が微《かす》かな声を漏らし、顔を上げる。

「ひっ⁉　うわぁっ⁉　な、何だお前ら！」

裏返った声で叫び、彼は背中が壁につくまで後退した。

当然と言えば当然の反応だ。

「チャイムを鳴らしても反応がなかったから上がらせてもらった」

「はぁっ……⁉　何を勝手に──」

怒鳴ろうとする彼を俺は鋭く遮る。

「公的機関から特別な許可を得ている」

この状況で心から納得させるのは無理だと分かっているので、一方的に宣言して相手の出端《でばな》を挫《くじ》いておく。

「お兄様とわたしは警察の外部協力員──まあ探偵みたいなものかな」

夕緋が横から補足を入れる。

「た、探偵……？」

眉《まゆ》を寄せる男。

「植木哲平《うえきてっぺい》、二十二歳。大学三年生。都市整備部公園課が募集したアルバイト業務を請け負い、週四日夕方以降の時間帯に駅前噴水広場を中心とした区画の清掃を行っている。業務内容には放置自転車の整理と撤去も含まれていた」

　俺は彼のプロフィールを淡々と告げる。

「それが……どうしたっていうんだよ」

「あなたの担当地区には、放置自転車が並ぶ細い道があるだろう。そこで〝何もないのに傷を負う〟事件が起きているのは知っているな?」

「……ああ。一応——カマイタチがどうとかって……」

　表情を強張《こわば》らせながらも男は頷《うなず》く。

「そう、この事件はカマイタチによるものだと噂《うわさ》されている。だが自然現象にしては頻発し過ぎているし、当然——妖怪《ようかい》の仕業でもない」

「…………」

　黙り込む男。

「だが何者かが現場に〝仕掛け〟をしたと仮定した場合、問題になることがある。あの通りを〝通り道〟として使う者は非常に少ないが、自転車を置きにくるだけの人間はわりと多い。仕掛けをしているところを偶然見られることもあるだろう」

俺は彼に辿《たど》り着いた理由を語っていく。

「しかし作業用の目立つ制服を着て、放置自転車を整理している人間を怪しむ者はいない。あの道に自転車を置きにきた人間も、作業員がいるのを見れば回れ右をするはずだ」

これは現場へ行く前の段階で分かっていたこと。

容疑者の絞り込みは、とっくに済んでいる。

「そしてその作業員の中で浮かび上がってきたのが、あなただったわけさ。事件の前後に、あなたは必ずシフトを入れていた」

男はごくりと唾《つば》を呑《の》み込んでから、俺を睨《にら》む。

「……だから、俺が怪しいと?」

「ああ、あなたが犯人だ。カマイタチなんかじゃなく、ね」

「はっ――」

すると男は引き攣《つ》った笑みを浮かべ、顔を伏せた。

その肩がぶるぶると震える。

「カマイタチ……ははっ――そうだよ……カマイタチとか、ありえないよな。そんなわけがない、俺は違う……違うはずだ……俺はっ――」

ふわりと部屋に風が吹く。

窓も玄関の扉も締め切られているはずなのに。

エアコンも動いてはいない。

ありえない現象。

やはり彼は既に蝕《むしば》まれている。

自ら生み出した謎《なぞ》によって、その在り方が歪《ゆが》んでいる。

「お兄様」

夕緋《ゆうひ》が俺を庇《かば》うように前へ出た。

ヒュオン────。

何か鋭い音が聞こえた瞬間、ベッドの端から真っ白い綿が飛び散る。

見ればまるで刃物に切り裂かれたかのような痕《あと》がベッドに刻まれていた。

まさに超常現象。

だが、ありえないことはあってはならない。

「え──？　あ……あ──またこんな……こ、これは……違う──俺じゃ──」

顔面蒼白《そうはく》になって言い訳を口にする男に、俺は頷《うなず》き返す。

「そうだな。今のはあなたと全く関わりのない現象。こんな場所でカマイタチのようなものが発生するなんて、面白い偶然だ」

「ぐう、ぜん？」

啞然《あぜん》とする男に俺は動じることなく告げる。

「あなたはカマイタチなんかじゃなく、悪質なイタズラを繰り返す単なる犯罪者さ。凶器は――これだな?」

そう言って俺は現場で入手したナイロン製の糸を手袋をした手で取り出し、彼の前に垂らしてみせた。

「っ……」

息を呑《の》む男に俺は言葉を続ける。

「釣り糸らしきもの。これを道の左右に放置されている自転車に巻きつけ、簡易なトラップを作ったわけだ。ただ――それでは最初に引っかかった人物が大怪我《おおけが》をし、警察沙汰《ざた》になって仕掛けは露見する」

糸の両端を持ち、ピンと張ってみせながら言う。

「狡猾《こうかつ》なのか、それとも小心者なのか――あなたのより〝悪質〟なところは、糸がわずかな負荷で千切れるように細工をしたこと。ほら、よく見てくれ。糸の端は一部しか繊維が伸びていない。これはあらかじめ切れ込みが入れられていた証拠だ」

俺は彼の眼前に糸を突きつけた。

「これなら引っかかっても糸が深く食い込む前に切れてしまう。素足か薄手の服でなければ怪我すらしなかっただろう。だから被害者の大半が女性だった――いや、そもそもスカートの女性を狙《ねら》った犯行だったのか?」

「……………」

　男は硬い表情で俺の話を聞いている。

「まあそういうわけで、ちょっとした切り傷で済んだために悪戯《いたずら》は事件としてなかなか表面化せず、カマイタチの噂《うわさ》だけが都市伝説のように広まった」

　するとそこで夕緋《ゆうひ》が俺の服を引っ張る。

「だけどお兄様、千切れた糸が残っていたらイタズラだってことはすぐに分かっちゃうんじゃない？　何もない場所で怪我をしたから、カマイタチだーって噂になったんでしょ？」

　もっともな疑問を口にする妹に俺は答える。

「事件が起きたのは基本的に夕方以降。あの暗い道で、千切れた糸はまず見つからないさ。それに仕掛けはまた仕事中に回収できる。彼は事件の翌日にもシフトを入れていた」

　俺はそこで手にした糸に目をやった。

「ただ――放置自転車を利用したがゆえに、回収漏れも生まれるはずだと思っていた。自転車の持ち主が、糸の回収前に乗っていってしまうというパターンだ。そして日常的にあの場所を使っているのなら、また自転車を置きに来ている可能性もある。そうして見つけた物証がこれさ」

　しかしそこで男は半笑いで反論してくる。

「物証……？　確かにそれは何か仕掛けがされていた証拠かもしれないが……俺とは何の関

係もないだろ」

「そうだな。これは事件が人間の仕業だと証明する証拠であって、あなたが犯人であると断定するものじゃない。まあ……状況によってはこれで〝お役目〟は終了だったんだが、あなたの状態を見ると、そうもいかないみたいだ」

俺は哀れみを込めて彼を見つめる。

まだ、室内に風は吹いていた。

その発生源は、目の前の男。

「でも俺が考えるに、あなたが犯人だという証拠はあるよ。それも恐らく、この場所に」

俺はぐるりと狭い部屋を見回す。

「あなたの犯行には目的意識が感じられる。単に仕掛けをして、それで終わりではないはずだ。たとえば被害者が罠《わな》に掛かる瞬間を隠しカメラで撮影していたり、何か〝成果物〟を持ち帰ったり、とか」

じっと男の表情を観察しながら言う。

彼の目が泳ぎ、その視線が机の方を向く。

「夕緋《ゆうひ》、そこだ」

俺が指を差すと夕緋は机に歩み寄り、迷いなく一番上の引き出しに手を掛ける。

「怪しいと思ってたんだよね――血の匂《にお》いがしてたから」

「や、やめろっ!!」

男が叫ぶ。

ヒュオンと先ほどベッドが裂けた時と同じ音が響くが――。

閉ざされた部屋の中に少し強めの風が吹き、窓のカーテンが揺れる。

変化はそれだけ。

「……あぶないなぁ。わたしじゃなかったら、怪我《けが》してたかもしれないよ?」

「ひっ!?」

夕緋が振り向いて微笑《ほほえ》むと、男は何か酷《ひど》く恐ろしいものを見たかのように息を呑《の》む。

竦《すく》みあがっている男を一瞥《いちべつ》してから、夕緋は引き出しを開けた。

「お兄様、こんなものが引き出しの中にたくさん」

彼女が取り出したのはガラス製の小瓶。

中には丸めた糸のようなものが入っている。

「現場から回収した糸だな。しかもわずかに血が付着したものばかり……。被害者のDNAと照合すれば、犯行に使われたものと断定できる。この〝成果物〟の入手が目的なら、トラップは手段でしかなかったわけか」

俺は小瓶の中を観察し、溜息《ためいき》を吐《つ》く。

そこでようやく男は観念した様子で顔を伏せる。

「女の人の血に興味があったの？　それとも女の人を傷付けることが目的？」

夕緋《ゆうひ》の問いに、男はびくりと肩を揺らした。

「そ、それは……いや……俺は、俺は——」

彼は何かの感情が抑えきれなくなった様子で顔を上げた。

「俺は、血……そのものが欲しいわけじゃない……！　女の肌に細く鋭利なモノが……肉に喰《く》い込み……血管を断ち斬《き》った……そうした〝痕跡《こんせき》〟にたまらなく惹《ひ》かれるんだよ……！

分かってる——異常さ。異常だからこんな——」

風が強くなる。

彼の感情が高まるほどに。

「でも、こんなことになるなんて思わなかったッ！　俺は——何だ？　風が……風が吹くんだ！　俺は人間じゃなかったのか？　本当に、カマイタチなんていう怪物なのか？」

突風で部屋の紙類が舞い上がる。

カーテンは激しく波打ち、鋭い風音が響くと壁のあちこちに斬痕《ざんこん》が刻まれる。

「いいや——あなたは人間だ。今からそれを証明する」

そう言って俺は懐から手帳を取り出した。

表紙こそ真新しい革製だが、中の紙は時を経て色あせている。

先代から〝お役目〟と共に受け継いだ、俺の仕事道具。

俺の存在価値そのものであり——決して外せぬ足枷《あしかせ》。

「夕緋、そいつをしばらく抑えておけるか？」

妹に問いかけると、彼女は笑顔で頷《うなず》く。

「もっちろん！　やっとわたしの出番だねっ！」

夕緋は風が吹く中、何の躊躇《ちゆうちよ》もなく男に一歩近づいた。

ヒュオンッ！

その瞬間、風音と共に彼女の腕に刻まれる裂傷。

まさに誰もがカマイタチという言葉を連想する現象。

「あぁ……傷が——」

男がその光景を見て、恍惚《こうこつ》の表情を浮かべた。

だがすぐに彼の顔には疑念が浮かぶ。

夕緋の傷口から溢《あふ》れて出てきたのは、鮮血ではなく——黒い液状の何か。

それは吹き荒《すさ》ぶ風の中、重力に逆らって浮き上がり、まるで生き物のように蠢《うごめ》く。

「今のは〝斬らせてあげた〟んだよ？　自分で傷を付ける手間が省けるから」

にこりと笑う夕緋の前で、黒い液体は網のように広がった。

「お、お前、いったい──」

「わたし？　わたしは……手遅れの怪物？　みたいな？　でもあなたはまだ間に合うから、お兄様に任せておいてよ」

そう言って夕緋《ゆうひ》は指をちょんと動かす。

すると黒い網は男の全身を包み込み、一気に収縮した。

「ぐっ──が……!?」

黒い網に縛られて動けなくなる男。

拘束は肉体以外にも及んでいるらしく、男から発生していた風も止む。

「じゃあ、怪物退治だ」

俺は夕緋と入れ替わりで男の前に立ち、開いた手帳のページに指を触れた。

「問う──カマイタチは在るか否か」

白紙のページが──蒼色《あおいろ》に輝く。

同時に男の体とその周囲にも、蒼く煌《きら》めく粒子が浮かび上がった。

紙片に感応した俺の目に映る光こそ、男を怪物へと変貌《へんぼう》させている元凶。

不可思議な事件を知り、幻想を信じた人々の想い。

本来なら無害で無力なモノだが、条件次第でそれは猛毒となる。

人を侵す毒。

謎《なぞ》は時に、人を怪物へと変えてしまう。

ゆえに誰かが解かねばならない。

「否《いな》――本件の犯行は人間に可能なものであると証明した」

「あああああっ!?」

男が叫び声を上げると、その体から粒子が湧《わ》き出て手帳へと吸い込まれていく。

謎を、毒を、然《しか》るべき器へと移し替える。

「否――調査により容疑者を特定。名は植木哲平《うえきてっぺい》」

「う……あ……」

男の声が虚《うつ》ろになる。

周囲に漂っていた粒子も全て手帳に集まり、光はどんどんと増していった。

「否――彼が犯人である物証を確保」

全ての粒子を吸収した手帳のページから、俺は指を離す。

幻想は今、繙《ひもと》かれた。

「以上の〝理《ことわり》〟をもって、俺はカマイタチなる怪物を否定する」

そう告げて俺はパタンと手帳を閉じる。

その途端、光は消え失せ――部屋に再び薄闇《うすやみ》が満ちた。

「あ――」

男が白目を剝《む》いて、体を弛緩《しかん》させた。

「お兄様、お見事！　今回は何だか疲れたねー。部屋、クサかったし」

夕緋《ゆうひ》がそう言って男の拘束を解く。

彼を包んでいた黒い網は彼女の傷口へと吸い込まれ――その傷跡も消失する。

「――そうだな。傷は大丈夫だったか？」

俺は手帳を大事に仕舞いながら、妹の腕を見つめた。

「え？　大丈夫も何も……もう治ってるじゃん」

きょとんと夕緋は首を傾《かし》げる。

「いや、治ったかどうかって意味じゃなく――痛かっただろうなと」

そう答えると夕緋はしばし俺の顔を見つめ、無言で俺の腕に抱き付く。

「……夕緋？」

「お兄様のそういうとこ……好き」

ぐりぐりと俺の肩に額を押し当てて夕緋は言う。

「普通に心配なだけなんだが……」

そこまで言われるほどのことかと俺は困惑する。

「痛みなんて、平気だよ——お兄様のためなら、平気」

「……………」

たぶんそれは喜ぶべき言葉なのだろう。

けれど俺の心には、ちくりと痛みが走る。

「——後のことは警察に任せて、さっさと帰ろう」

その痛みを誤魔化すように俺は彼女の頭を撫《な》でた。

「ん」

俺の腕に抱き付いたまま頷《うなず》く夕緋《ゆうひ》。

仰向けで倒れている男を残し、俺たちはゴミが散乱した部屋から立ち去る。

こうしてありえない事象は霧散した。

幻想は暴かれ、現実だけが残る。

噂《うわさ》を制し、謎《なぞ》を解く。

まるで探偵の真似事《まねごと》。

こうした日常を俺——混河《まぜかわ》家四男・混河葉介《ようすけ》は送っていた。

第一章 ◆ 焔狐《ほむらぎつね》

1

一夜にして、その町は死んだ。

二〇××年六月六日、人口約十五万人の地方都市で暮らすほぼ全ての住民が眠るように息絶えた。

死者十五万二二三六名、生存者二名。

原因は不明。

ガスやテロなど様々な可能性が検証されたが、未《いま》だに真相は分かっていない。

前代未聞の大量死事件に、人々は恐れ──様々な噂《うわさ》を囁《ささや》いた。

科学で解明できなかったがゆえに、眉唾《まゆつば》な幻想が肥大した。

そして──生き残った人間の片方に、その全てがのし掛かった。


「…………」

廃墟と化した街の只中《ただなか》で、俺は見上げる。大きな、大きな怪物を。

体を丸め、眠ってはいるが——その体長は二十メートル以上。

全身を黒く硬質な鱗《うろこ》が覆い、背には茨《いばら》のような棘《とげ》が生えている。

ギシリ、ギチリ。

その巨体を拘束している鎖が、怪物の呼吸と共に軋《きし》む。

俺は怪物の名前を知っていた。

結城朔《ゆうきさく》。

隣の家に住んでいた幼馴染《おさななじみ》。

小学四年生で、俺より少しだけ背が高くて、笑うとえくぼが可愛《かわい》い女の子。

生まれた時から〝罪〟を押しつけられていた俺に、唯一味方してくれた親友。

断じてこんな怪物ではない。

でも俺は見ていた。

彼女が変貌《へんぼう》していく様を。人でなくなっていく過程を。

「あれほど多様で膨大な幻素を浴びてもなお、君は変貌しなかった。つまりそれは君が混ざりけのない純粋な人間——〝稀人《まれびと》〟である証《あかし》といえる」

立ち尽くす俺に、誰かが話しかけてくる。
暴れる朔《さく》を拘束した人間の一人だ。
スーツ姿で、顔に貼りついたような笑みを浮かべている男。
笑っているのに、笑っていると思えない。
細められた目の奥で、獣のような光がぎらついている。
絶対にマトモじゃない。
こいつらだっておかしい。
普通の人間が、こんな巨大な怪物を制圧できるはずもない。
「私たちは君を新たな家族として迎えるつもりだ」
頼んでいない。望んでもいない。
俺が欲しいのは、朔を元に戻す方法だけ。
昔も今も、朔以外に大切なものなど存在しなかった。
「彼女を救う方法ならあるよ」

まるで俺の心を読んだかのように男は言う。

「っ――」

顔を上げた俺に、男は笑いかけた。

「この世界にはね、元々たくさんの怪物がいたんだ」

大げさな身振り手振りを交えて彼は語る。

「悪魔、妖怪《ようかい》、鬼、精霊、神……呼び方は何でもいい。とにかく人が恐れ、敬う正体不明のモノは、どの文化圏においても存在していた」

そこで彼は肩を竦《すく》める。

「だが、時代は変わった。兵器を手にした人類は何も恐れなくなっていった。自分たちが最強の生物であると理解した。そんな世界に怪物の居場所はない」

いったい何の話だと思うが、朔を救う手がかりになるのならと耳を傾ける。

「しかし、怪物たちも時代に抗《あらが》いはしたんだ。古今東西、怪物の逸話には〝人に化ける〟というものが少なからずある。そうした力を持つモノたちは、人に化け、人として生き、人として交わり――血を繋《つな》ぐことを選んだ」

男は大きく息を吐く。

「そうした〝交配〟は何千年も前から行われ、今や大半の人間が怪物の血を引いている。驚いたかい？　自覚はなくとも、多くの人間が怪物の末裔《まつえい》なんだ」

冗談っぽく彼は笑う。

「とは言え——血は薄まり過ぎて、もはや怪物らしいカタチも力もない。でもいくつかの条件が重なると〝先祖返り〟をしてしまうことがある。彼女のようにね」

彼は拘束された怪物を示す。

「今回のように解明不能な事件が起きた時、人々は様々な幻想を抱く。それは時として人の中に眠っていた怪物の血を呼び覚ましてしまうのさ」

そこで俺は初めて彼に対して言葉を発した。

「……どうすれば、いい？」

男は笑顔で俺の肩をポンと叩《たた》く。

「謎《なぞ》を解くんだ」


「謎？」

「ああ。謎を解けば、集まった多量の幻想——我々が〝幻素〟と呼ぶモノを処理できる。我々はその手段を有している。だがそれが実行可能なのは、怪物の血を引いていない君のような〝稀人《まれびと》〟だけだ」

俺は拳《こぶし》を握りしめる。

朔《さく》を——救える。

俺が、俺だけが——。

「とは言え、今回の謎はあまりに手強《てごわ》い。手がかりを集めるにも様々な伝手《つて》がいる。その点、我々の家族になれば色々と融通が利くようになるんだが……」

男はわざとらしく腕組みをしてみせる。

もはや選択肢はなかった。

俺はいつかこの謎を——あの怪物を解くために、彼の手を取る。

そう——混河葉介《まぜかわようすけ》の人生は、この時から始まったのだ。

2

「あの〝災厄〟前一か月間における各非合法組織の主だった動向——」

前回の〝カマイタチ事件〟解決の報酬として、〝六課〟経由で得た資料をベッドに腰かけながら確認する。

分厚い紙の束は、捲《めく》っていると指先が乾く。

データでくれればいいのにと思うが、それだとどうしても痕跡《こんせき》が残るらしい。

対して紙の資料は、いざとなれば焼いて灰にしてしまえる。

「……今回もハズレだな」

一通り資料に目を通した俺は、ベッドに仰向けで倒れた。

――いつになったらあの〝謎《なぞ》〟に手が届くのか。

調べれば調べるほど、真相が遠のいていく気がする。

「もう十年……」

見慣れた天井を眺めながら呟《つぶや》く。

十年前、俺は幼《おさな》馴染《なじみ》を変貌《へんぼう》させた〝災厄〟の謎を解くために、混河《まぜかわ》家の一員となった。

与えられた〝お役目〟をこなす見返りに、俺は〝災厄〟の真相へ至るための情報を集めているが、未《いま》だ手がかりと言えるものすら摑《つか》めていない。

「朔《さく》――」

救うべき幼馴染の名を呟く。

だが、その顔は記憶の底で滲《にじ》んでいる。

昔はあんなにもはっきりと、彼女の笑顔を思い出すことができたのに。

「いや、それでも前には進めている」

手がかりは得られていないが、可能性は一つ一つ確実に潰《つぶ》してきた。

『ヨウくん――どれだけ在り得ないことに見えてもね、全ての不可能を排除して残ったものが真実なんだよ』

朔は小学生の頃から推理小説が好きで、かの名探偵の思考法を真似《まね》て様々な日常の謎を解決してくれた。

その様はまさに小さな名探偵で――今の俺は彼女を真似ているに過ぎない。

名探偵を真似る幼馴染の真似。

滑稽《こっけい》かもしれないけれど、今は彼女の面影を道しるべにして進むしかない。

「よし――」

俺は気合いを入れて起き上がる。まだ午前中。やるべきことは他にもある。

机の上には開いたままのノートパソコン。

きちんと課題をこなしていかなければ、必修の単位を落としてしまう。

大学進学を機に、実家を出てから約三か月。

七月に入り蒸し暑さが増す中、俺はクーラーが効いた部屋で課題に取りかかった。

今回のテーマは〝寒村における信仰とその傾向〟。

俺の専攻は民俗学で、講義の内容に準じたレポートの提出が必須となっている。

大学生といえばコンパや何やらと遊んでいるイメージがあったが、〝お役目〟のこともあって思った以上に時間がない。

民俗学を専攻したのは、伝承などで語られる妖怪《ようかい》などにも通じる分野だから。

幼馴染《おさななじみ》が変貌《へんぼう》した怪物がいったい〝何〟だったのか。それも突き止めなければならないことの一つ。

集中すると、時間はあっという間に飛んでいく。

そろそろ腹が減ってきたなと感じた頃――。

ピンポーン

響くチャイムの音。

どうせ何かの勧誘だろうと無視する。

夕緋《ゆうひ》が来るのはいつも学校が終わった夕方なので、まだ早い。

一人暮らしを始めたばかりの大学生は、獲物を探す人間にとって格好のカモ。

セールスのしつこさを知らなかった俺は、最初扉を開けて応対してしまい、粘りに粘られ――最後は泣き落としまでされ、特に必要のない商品を買う羽目になったのだ。

都会という場所は恐ろしい。

ピンポーン

しつこい。

苛立《いらだ》ちながらも居留守を続ける。

ガチャ――。

すると今度は鍵《かぎ》が開く音がした。

「な――」

慌てて振り向く。

ワンルームのアパートなので、部屋から玄関は見えている。

扉が外側に向かって開き、黒い革靴が俺の部屋に踏み入ってきた。


「葉介《ようすけ》、いるなら返事をしたまえ」

呆《あき》れ混じりの口調で話しかけてきたのは、黒いスーツを着こなす痩身《そうしん》の男性。

最初に出会った時は二十歳前後。今は三十近いはずだが、その印象は変わらない。

口元に笑みを湛《たた》えていても、細められた目の奥には鋭い光が宿っている。

「……純夜《じゅんや》兄さん」

混河《まぜかわ》純夜。

混河家の長男であり、現在は家長代行も務めている人物。

かつて俺を〝家族〟に迎え入れた男は、本心が読めない表情で俺に言う。

「三か月ぶりか、元気そうだな」

「何を……しに来たんだ？　まさか、俺を連れ戻しに？」

緊張しながら問いかける。

「いいや、家族会議で決まったことを覆すつもりはないよ。例の件で君に恐怖や嫌悪、警戒心を抱く者もいる。現在の距離感が、我々にとってはちょうどいいだろう」

首を横に振る純夜を見て、俺は小さく息を吐く。

「それは――よかった」

「ああ、君が〝お役目〟をこなしてくれるのであれば混河家としては何の問題もないさ。私個人の想いは、また別だがね」

含みをもたせた言い方に、俺はごくりと唾《つば》を呑《の》み込んだ。

「父さんの謎《なぞ》を〝解体〟したこと――やっぱり許してはくれないか」

「私がこの世で一番大切なものは家族だからな」

一瞬、彼の眼差《まなざ》しに殺気めいた光が宿る。

けれどそれはすぐに霧散し、彼は笑顔のまま肩を竦《すく》めた。

「とは言え、あれが〝妹〟のためだったことは承知している。君は家族を壊し、家族を救った。

そして葉介《ようすけ》もまた私の家族――優先順位を付けられるものではない」

だが俺はとてもじゃないが笑みを返すことはできない。

俺が彼の逆鱗《げきりん》に触れてしまったのは事実だから。

およそ半年前、俺はとある未解決事件の謎を解いた。

それは結果的に混河家の家長である父――混河源治《げんじ》の力を大きく削《そ》ぐことに繋《つな》がり、彼は失脚して現在は純夜が家長代行を務めている。

そして当然――家族に刃《やいば》を向けた俺は、兄弟姉妹に疎《うと》まれることになった。

この前、夕緋《ゆうひ》が家族で俺の味方は自分だけだと言っていたが……あれは事実。

純夜も含めて、夕緋以外の家族は必要がない限り俺に関わろうとしない。

「――父さんに関する用件じゃないなら、やっぱり〝お役目〟だよな……」

俺の呟《つぶや》きに、純夜は頷《うなず》く。

「話が早くて助かる。至急の案件だ。急いで支度をしたまえ」

「了解」

溜息《ためいき》を吐《つ》いて俺は椅子《いす》から立ち上がる。

文句を言っても仕方がないのは分かっていた。レポートの期限は危ういが、早く事件を解決できれば間に合うだろう。

「今回の依頼者は？」

財布とスマホを手に取りつつ、純夜《じゅんや》に問いかける。

「前回と同じく〝六課〟の白羽奏《しらはかなで》だ」

それを聞いて俺は内心喜ぶ。

また警察から情報を引き出せる機会だ。タダ働きにはならない。

「純夜兄さんは手伝ってくれるのか？」

返答は分かっていたが、あえて問いかける。

「いいや。君に対する態度を保留している以上、助手として守ってやることはできないよ。私とて君に解かれたくはないからね。私の仕事は君を現地に送り届けるまでだ」

案の定、彼は首を横に振るが――そこで苦笑して言葉を続ける。

「しかし、夕緋《ゆうひ》が今回も君の助手をやらせろと言っている。学校が終わり次第、別の者が迎えに行く予定だ」

「……そうか」

複雑な想いで俺は返事をした。

頼んだわけでもないのに、夕緋は俺の私生活にも〝お役目〟にもどんどん踏みこんでくる。

助手がいるのは正直助かるものの、俺の味方をすれば家族内での立場が悪くなるので、できれば関わらせたくはない。

けれどそれを言って聞く妹でもないのは、嫌というほど分かっていた。

3

窓の外を景色が流れて行く。

だが高速に入ってからは、見えるのは高い遮音壁ばかりなので面白みは全くない。

「葉介《ようすけ》、これを見ておけ」

純夜は慣れた様子で高級車を運転しながら、助手席に座る俺へ自分のスマホを投げてよこした。

画面にはニュースの動画が映っている。

『――県――郡伊地瑠《いちる》村で焼死体が発見され、警察は事件性を調査し――――また付近でボヤ騒ぎが起きていたことから、それらとの関連を――』

そこで画面は止まる。

一分未満の短いニュースだ。

現地の人にとっては重大な出来事かもしれないが、似たような事件はいくらでも起きているので大半の人々はすぐ忘れてしまうだろう。

「この事件が報じられたのは一か月前。その時は大して話題にならなかった。だが昨日――夜のテレビ番組がこれを地元の伝承と絡めて面白おかしく喧伝《けんでん》したのだ」

純夜《じゅんや》は前を向いたまま片手を伸ばし、俺の手にあるスマホを器用にタップする。すると次の動画が再生された。

『現代の秘境、伊地瑠《いちる》村で起きた謎《なぞ》の焼死事件。地元に伝わる〝焔狐《ほむらぎつね》〟との関わりは――』

いかにもなオカルト番組。

真面目なニュースではないが、こういったものの方が目を引くのは理解できる。

「焔狐……」

初めて聞く名だ。カマイタチのような有名どころではないらしい。

「現地の幻素濃度が非常に高くなっている。早々に対処しなければならない案件だ」

「――先祖返りが起こる前に、か」

しばらくして高速から降りると、はしゃぐ高校生の一団が目に留まった。

夏休みが間近に迫り、テンションが上がっているのか。

暑さの中で死んだ目をしているスーツ姿のサラリーマンたちとは対照的な姿。

だが、どれだけかけ離れて見えようが――彼らには一つの共通点がある。

「大半の人間は怪物の末裔《まつえい》……」

かつて純夜から教えられた〝世界の真実〟を呟く。

「どうした、いきなり」

訝《いぶか》しげな純夜に、俺は苦笑を返す。

「純夜兄さんの言葉を思い出しただけだよ。怪物であることは特別でも何でもなく、〝ただの人間〟である俺の方が珍しい存在だったなんてね」

「ああ、君は稀少《きしょう》だよ。もはや〝次〟が見つかるかどうかも分からないほどにね」

純夜は頷《うなず》き、言葉を続けた。

「――怪物の血を引く者は、幻想に覆われることで先祖返りを起こす。〝羽化〟して本物の怪物へと変わる。その幻想を暴けるのは〝空白帳〟を扱える稀人《まれびと》だけ」

俺が〝お役目〟を継ぐことになった時に言われたことを、彼は口にする。

「何者かが事件を起こし、それが人ならざる存在の仕業と囁《ささや》かれるようになった時に生まれる都市伝説、怪談――それらの幻想を論理的に解体し〝そんなものはいない〟と正すのが君の〝お役目〟だ。今回の事件もよろしく頼むよ」

その言葉を聞きながら、俺は街の人々を眺める。

「怪物は……いちゃいけないのか？」

「もちろんだ」

純夜は即答してから、こう付け足す。

「〝私たち〟以外には、ね」

ぞくりと背筋を走る悪寒。

今、兄がどんな顔をしているかは恐ろしくて見られない。

俺は、謎《なぞ》を解いて怪物の存在を否定する。

怪物たちの家族でありながら――。

4

道中のファミレスで昼食を取り、眠気に負けて目を閉じて――気付くと太陽はかなり西に傾いていた。

「もうすぐ着くぞ。このトンネルを抜けた先だ」

純夜《じゅんや》の言葉と共にトンネルへ入る。

後続車も対向車もいないため、まるで闇《やみ》の中を突き進んでいくような錯覚を抱く。

「――俺たちだけか」

「テレビで放送されたとは言え、こんな辺鄙《へんぴ》な場所だと野次馬も気軽には足を運べないようだ。遊び半分で見物に来る人間がいたとしても、次の休日あたりになるだろうな」

「……それまでに解決できるといいんだが」

俺はあくびを噛《か》み殺しながら言う。

やがてトンネルの出口が見えてきた。

白い半月の形をした光が近づき――その中に飛び込む。

次に目に映ったのは、山に囲まれた平地とそこに並ぶ家と田畑。

坂道を下り、車はその集落に近づいて行く。

「テレビで秘境って言われてたのは、あながち誇張じゃなさそうだ」

ぽつりと感想を漏らす。

俺や兄の〝実家〟も辺鄙な場所にあるが、最寄りの町には大型のショッピングセンターや遊興施設が点在している。

ここまで周囲から隔絶された村を訪れたのは初めてのことだった。

「人口八六二人。六十五歳以上がその六割を占め、十五歳以下の若年者はごくわずか。典型的な限界集落だ」

下り坂のカーブでハンドルを切りつつ、純夜は淡々と言う。

「何か観光スポットは？」

「特に何も。村には宿泊施設もないので、村長の家に泊まれるよう話をつけてある」

兄の返事に俺は肩を落とす。

「宿すらないなら、よそ者には風当たりが強そうだ」

観光地なら金を落とす客には親切にするだろうが、そうでないならよそ者は単なる異分子。

警戒し、追い出した方が日常は平穏に回る。

「そうだな――昨夜の放送は村人たちにとって不本意なものだったらしく、ピリピリしている者も多いらしい。気を付けることだ」

警告する純夜《じゅんや》。

坂を下り、村に入ろうとしたところで彼は車を停めた。

「降りたまえ」

「え？　ここで？」

驚く俺に彼は真顔で頷《うなず》く。

「ここからは君の現場だ。中に入れば、君を守ったことになる。家長の代わりを務める者として、己の立場はしっかり示さねばならない」

「……家族に関することは、本当に融通が利かないな」

俺は嘆息してシートベルトを外した。

「村で一番大きい家が、村長宅だ。ここまで来れば迷うまい」

車を降りようとする俺に純夜が言う。

見通しがいいので確かにそれらしい家はここからでも見えている。

歩いて二十分ほどだろうか。

「既に〝六課〟の担当者が村長宅にいる。夕緋《ゆうひ》が来るまでは彼女を頼ればいい」

「分かった。じゃあ」

手を挙げて挨拶《あいさつ》をし、Uターンして去って行く車を見送る。

あとは自分の仕事をしよう。

伊地瑠《いちる》村。

過疎化が進んでいるとは言え、九〇〇人近くが住んでいるはずの村には、人一人見当たらなかった。

5

「――一応、電波はあるな」

スマホを見て俺は安堵《あんど》の息を吐く。

電波強度は低いが、モバイル通信でインターネットも見られる。

田舎に来ても情報的に孤立しないのは素直に嬉《うれ》しい。

「さて、行くか」

ズボンのポケットにスマホを押し込んでから歩き出す。

道の左右は田んぼで青い稲穂が揺れている。

見晴らしが良く、村で一番大きな家は一目で分かった。

この道の先――いくつかの古めかしい木造住宅が集まる一角に、一際目立つお屋敷がある。

屋敷の裏手には高い樹が生えているのが見えた。枝葉の形的に恐らくはクスノキ。

まず間違いなく、あれが村長の家だろう。

――せっかくだから情報収集しながら行きたいところだが……。

見回してみても、道路に村人の姿はない。

農作業を行う時間でもないのか、田畑も無人。

テレビのせいで気が立っている村人たちに気を付けろとのことだったが、無用の心配だったようだ。

――とはいえ、誰にも話を聞けないのは困ったな。

一先《ひとま》ず村長の家に向かいつつ、俺は人の姿を探す。

だが一向に人間と出会わない。

このまま村長の家に着いてしまうのではないかと思った時、行く手にバスの停留所が見えてきた。

少し錆《さ》びた看板の横には、プレハブで作られた簡素な待合所がある。

看板に大きく記されている行く先は、違う町の名。どうやらこのバスは村の外と行き来するためのものらしい。

時刻表のスペースには、運行が一日二回だけであることが大きな字で記されている。

今日の運行は少し前に終わっており、もうバスは来ないはずなのだが……。

——あの子は何をしてるんだ？

待合所の古びたベンチに、一人の女の子が座っている。

長い黒髪にセーラー服。恐らくは中学生。背筋がピンと伸びていて、座る姿には育ちの良さというか気品のようなものが感じられた。

せっかくの第一村人で、情報収集のチャンス。

だが男子大学生が女子中学生に声を掛けるというのは、このご時世だと事案になりえる。

辺りに人気《ひとけ》がないのも、状況的に良くない。

総合的に判断すれば、無駄なトラブルを避けるためにスルーするのが得策。

ただ——。

俺は彼女の前を通り過ぎようとしたところで、ピタリと足を止めた。

ゆっくり彼女の方に顔を向けると、視線がばっちり絡み合う。

それは彼女が俺を見ていた証拠。

「俺に用？」

小さく溜息《ためいき》を吐《つ》いて問いかける。

「——どうして、そう思ったんですか？」

少女は驚いた様子で息を呑《の》み、緊張した声で問い返してきた。

小さくてもよく通る澄んだ声だ。

「そこ」

彼女の肩口についていた落ち葉を指差す。葉の表面には光沢があり、根本から分かれた三本の葉脈が特徴的だ。

「それ、クスノキの葉っぱだろ。ここって山村だけど、意外と村の中には木が少ない――たぶん田畑の日当たりを良くするためなんだろうが、クスノキは見たところ村長宅と思われる場所にしかなかった」

少女はじっと俺の話に耳を傾けていた。

「村長宅には今、警察の人間が厄介になっていると聞いている。君があの家から来たのなら、〝彼女〟から俺のことを聞いていても不思議じゃない」

俺は少女と目を合わせたまま言葉を続ける。

「あとは目線だ。こんな人気《ひとけ》のない場所で、知らない男が通りかかったら普通は警戒するはずなのに、君は露骨に俺のことを目で追っていた。用件は分からないが――もしも俺が目的だとしたら、バスが来ないバス停にいる理由にもなるだろ」

説明を終えると少女は感心した様子で言う。

「すごい……大体合ってます。じゃあ、あなたが〝探偵さん〟？」

「――まあ、一応」

俺が頷《うなず》くと、彼女は安堵《あんど》の表情を浮かべた。

「よかった……あなたの言う通り、警察の人から〝探偵さん〟が来ることは聞いていたんです。それで、もしバスで来るのならここにいれば会えるかな、と……」

「生憎《あいにく》、ここへは車で送ってもらったんだ。村の入り口で降ろされたけど」

「はい——午後のバスに乗っていなかったので、帰ろうかと思っていたところでした。でも何となく、天気が良かったのでボーっとしていて……」

照れたような苦笑いを浮かべる少女。

「それで何の用？」

先の問いを繰り返すと、少女は真面目な表情を作る。

「あなたは警察から協力を求められるぐらいの、すごい探偵さんなんですよね？」

「すごいかどうかは分からないけど、頻繁に協力はしてる」

探偵を職業にしているわけでもないが、ここは頷いておこう。

「この村で起きてる事件を解決するために来たんですよね……？」

「ああ」

「じゃあ、協力させてください」

少女はそう言ってベンチから立ちあがり、俺の前に立つ。

「協力って……その前に、まず君は？」

「私は村長の姪《めい》の、春宮由芽《はるみやゆめ》です」

やはり村長の親族だったか。

「由芽で。呼び捨てでいいです。これから伯父と会うのに、苗字《みようじ》呼びはややこしいでしょう?」

「じゃあ、春宮さん――」

彼女――由芽に訂正され、俺は言い直す。

「……由芽はどうして俺に協力を? それにわざわざ一人で会いに来たのはどうしてだ?」

俺に会うだけなら、家で待っていればよかったはずだ。

「この村で起きている事件の真相が知りたいからです。一人で来たのは――そうじゃないと、あなたの味方だと伝えられないから」

その言葉の意味を少し考え、俺は問いかける。

「家族の前だと、俺の味方はできないということか?」

「伯父は警察の求めに応じて家の離れを貸していますが、事件の解決にはひどく後ろ向きです。私の立場は少し複雑で……表向きは中立を演じた方が、警察や探偵さんは動きやすくなるはずです」

中学生にしては大人びた口調で由芽は語る。

「……色々と訳アリみたいだな。まあ、協力してくれること自体はありがたい」

一先《ひとま》ずここは彼女の提案を受け入れることにする。

「本当ですか？　よかった……」

ホッとした様子で胸を撫《な》で下ろす由芽。

そうした表情は年相応の女の子に見えた。

「じゃあ早速、何でも聞いてください。門限があるので、あまり長くは話せませんが――」

由芽は腕時計で時間を確認しながら言う。

「今日は平日だけど、学校は？」

「……最初の質問がそれですか？」

事件に関係のないことを聞いた俺に、彼女は不満そうな顔を見せる。

「いや、わりと気になってたから」

「この村には中学校がなくて、私は隣町まで家の車で送り迎えしてもらっています。今週はテスト期間で、午前で学校が終わるんですよ」

「そういうことか……ありがとう、すっきりした」

「では次の質問をどうぞ」

ちょっと呆《あき》れた顔で俺を促す由芽。

今度こそ事件に関することを聞かないと怒られそうな雰囲気だ。

「うーん、そうだな。君の――村の人の目から見た、事件の概要を聞かせて欲しい。詳細はあとで警察の人に教えてもらうからさ」

何か協力を求めるにしても、事件のことを知らなければ始まらない。

「分かりました。じゃあ歩きながら話しましょう。ちょうど通り道に〝ある〟ので」

そう言って歩き出そうとした由芽《ゆめ》だったが、何かを思い出した様子でこちらを振り向く。

「そうだ――探偵さんのお名前を聞いてもいいですか？」

「悪い、まだ名乗ってなかったな。俺は混河葉介《まぜかわようすけ》だ。ちなみに後から助手の妹も来る」

「へえ、兄妹でお仕事をされてるんですね。だったら探偵さんのことも苗字《みようじ》じゃなく、名前で呼ばないと」

由芽は姿勢を正し、恭《うやうや》しく一礼した。

「葉介さん――この度はどうか……どうか、よろしくお願いします」

その声には切実な想いが感じられた。

「ああ――」

何かとても重いものを託された気がしたが、俺はそれを受け止める覚悟で頷《うなず》く。

事件を解決するのは俺自身の目的のためでもある。

途中で投げ出す気など欠片《かけら》もなかった。

「では、こちらです」

そう言って彼女は背を向け、歩き出す。

待合所の陰《かげ》から出ると、傾いた太陽が背中を熱く照らす。

行く手に向かって長く伸びた影が、俺たちを誘うように揺れていた。

6

「――ボヤ騒ぎが始まったのは、半年前ぐらいからです。使われてない小屋や廃材置き場から火の手が上がって……ということが何度も繰り返されています」

田んぼ沿いの道を由芽と共に歩く。

道の脇《わき》には細い水路があり、そこを水が勢いよく流れていた。

夕焼け色の景色の中にはたくさんのトンボが飛んでいて、遠くからは鴉《からす》の声が聞こえてくる。

少し懐かしい光景。

ここまで辺鄙《へんぴ》な場所ではなかったが、俺が以前暮らしていた町もこんな風に田んぼが広がっていた。

「ほら、あの小屋がその一つです」

由芽が右前方を指差した。

そこには煤《すす》で汚れた簡素な建物がある。

「家の形は残ってるけど、もうボロボロですよ」

「放火だったのか？」

「警察の人はそう言っていたみたいです。だけど、犯人は見つかっていません。そうしているうちに一か月前——あの事件が起きました」

由芽《ゆめ》はそこで酷《ひど》く真剣な表情になった。

「焼死体が発見されたんだよな？」

それは既に知っている。

「はい。最初、焦げ臭い匂《にお》いに気付いた方は〝またか〟と思ったそうです。でも確認してみたら、燃えていたのは廃材とかじゃなく——人間でした」

「誰が亡くなったんだ？」

「村に一つしかない診療所の院長先生」

それを聞いて俺は眉《まゆ》を寄せる。

「それ、村にとってはかなりの大事《おおごと》なんじゃないか？」

「はい——お医者さんがいなくなって困る人もいましたし、喜ぶ人も同じぐらいいました」

「……喜ぶ？」

思いがけない言葉を聞いて俺は聞き返す。

「色々と問題のある人だったんです。昔はいいお医者さんだったそうなんですが、奥さんと離婚してから横暴な態度が目立つようになったらしく……必要のない薬まで出されて高額な医療費を払わされるのは日常茶飯事だったとか」

由芽は小さく息を吐き、言葉を続けた。

「しかも最近は自分の派閥を作って、村長選への出馬も検討していたみたいで……現村長の伯父とよく揉《も》めていました。私も――あの人は嫌いでしたね」

彼女の声には、明確な嫌悪の色があった。

「理由を聞いても？」

慎重に訊《たず》ねると、由芽は頷《うなず》く。

「――あの人には息子がいて……私の同級生なんですけど、よく怪我《けが》をしていたんです。本人は否定していましたが、父親に暴力を振るわれていたんだと思います。正直、見ていられませんでした」

「児童相談所に連絡は？」

「……しました。匿名で。でも――対応してくれるって言ってたのに、結局何も変わりませんでした。私はやっぱり表立っては動けなくて……だから、こうなって少しホッとしている気持ちもあります」

――今の言い方だと、由芽自身にも動機はあるのか。

多数の患者から恨みを買っているようだし、村長とも揉めていた。虐待の話が本当なら、息子にも父親を殺す動機があるだろう。

今のところ容疑者を絞り込むのは難しそうだが……。

「それなのに、事件の解決を望むのか？　もしかするとその息子が犯人なのかもしれないんだぞ？」

「もしそうだったら、なおのこと——です。罪を償《つぐな》ってやり直した方が、あの子のためだと思います」

どうやら彼女の中で自身の行動に対する矛盾はないらしい。

「じゃあ院長の息子のために事件を解決したいのか？」

「いえ……それは少し違います。もちろんあの子のためになればとも思ってますが……私は私のために、事件の真相を知りたいんです」

由芽《ゆめ》は首を横に振って、きっぱりと告げた。

「——そうか」

やはり彼女は明確な目的があって俺に接触してきたようだ。

「今の話は家に来ている警察の人にもしました。でも……なかなか進展がなくて……」

「そうこうしているうちに、オカルト番組のネタにされたと」

俺の言葉に由芽は複雑そうな表情を見せる。

「はい……事件が注目されるのは良い事だと思うんですが……変な方向に進んじゃったみたいで……」

「焔狐《ほむらぎつね》のことだな」

それこそ俺がここへ来ることになった一番の要因。

「放火も焼死体も、全部妖怪《ようかい》の仕業――なんてことあるはずないのに」

由芽は呆《あき》れ混じりの口調で言う。

「そうだな。ただ――事件のことを把握するにあたって、焔狐や村の伝承についても頭に入れておきたい」

俺がそう言うと、由芽はパンと手を叩《たた》く。

「あ、それなら公民館に行くといいですよ」

「公民館？」

「はい、そこの二階が展示スペースになってるんです。焔狐と関わりのある火祭りの資料がたくさんあるので、きっと参考になるかと」

「……それは確かに見ておきたいな」

とても有用な情報だ。

協力者を早々に得られたのは、正直ありがたい。

そのまま少し歩くと、比較的広めの道路と交わる十字路に出た。

このまま真《ま》っ直《す》ぐ行けば村長の家に着きそうだが――。

「公民館はあっちです」

由芽は右の方を指差す。

「道なりに歩けば分かるはずですよ。見るからに〝それっぽい〟建物ですから」

「いきなり行って入れてもらえるかな?」

「どうでしょう……開いていれば入れると思いますが。すみません——私はもうすぐ門限なので、案内はできなくて……」

申し訳なさそうに謝る由芽《ゆめ》。

「いや、十分だよ。とても助かった」

「そうですか? なら、よかったです。ではまた後ほど——家でお会いしましょう。あ、伯父の前では初対面として振る舞ってもらえると助かります」

「ああ、分かった」

由芽の立場とやらが気になったが、じきに分かることだと頷《うなず》く。

家路を急ぐ由芽を見送ってから、俺は公民館のある方向に足を向けた。

彼女が言った通り、五分ほど歩くとそれらしい建物が見えてきた。

飾り気のないコンクリート造りの建物だ。

古そうだが頑丈そうで、傍《そば》には広い駐車スペースもあった。

「開いてればって話だったが……」

もう夕方なので閉館しているかもしれない。

駐車場には車が一台だけ停まっているものの、建物はしんと静まり返っている。

もし閉まっているなら明日出直しだなと思いながら、俺は入り口のガラス戸を手で押した。

開く——。

まだ閉まってはいなかったらしい。

「……おじゃましまーす」

声を掛けつつ、中に入る。

入り口のすぐ傍に二階への階段があり、そこに『伊地瑠《いちる》村、火祭り資料スペース。ご自由にどうぞ』と看板が立てられている。

「なら遠慮なく」

俺はそちらに足を向け、二階へ上がった。

古いもの特有の乾いた匂《にお》い。

そこには神輿《みこし》や祭具、祭りの様子を写した写真、ガラスケースに入った古文書、歴史を分かりやすくまとめたパネルなどが展示されていた。

「火祭りか……」

写真には松明《たいまつ》を掲げて歩く村人たちや、木で組まれた祭壇のようなものに火を点《つ》けている場面が映っている。

毎年、秋の収穫が終わった時期に行われているらしい。

火祭りは全国にいくつもあるが、派手なものであるのは確かだ。歴史も含めて興味を持った者が訪れるのだろう。

ネットに何かしらの情報が出ていなければ、今回のような事態にはなるまい。

「これが……〝焔狐《ほむらぎつね》〟？」

神輿《みこし》や祭具には、目立つ場所に狐の意匠が施されている。

俺はこの狐の由来を知るため、設置されたパネルに目を通した。

「……記録上では六〇〇年以上前から続く祭りで、山の使いである〝焔狐〟に供物を捧げ、豊穣《ほうじょう》を願う儀式——か」

概要を読んだ限りでは、よくある目的と形式の祭りに思える。

——詳細は……。

この村の水源は、伊地瑠《いちる》山から流れる〝尾乃川《おのかわ》〟に大きく依存しており、干ばつで川が干上がった時は井戸水まで涸《か》れてしまったらしい。

そこで山の主であった、火の尾を持つ大狐にお願いをしに行ったというのが祭りの始まり。

——これは歴史というより民話だな。

恐らく古い文献や口伝による情報だと思われるので、もちろん鵜《う》呑《の》みにはしない。

ただ、パネルの後半に気になることが書かれていた。

「かつては供物として生贄《いけにえ》を捧げる〝人身御供《ひとみごくう》〟が行われていたとの記録もあるが、明治以降そのような風習は見直され、現在は供物に見立てた藁《わら》人形を焼いて奉じる儀式となっている

「……」

その文章をあえて読み上げ、俺は腕を組む。

「この辺りが、焼死体の事件と結びつけられた原因かな」

もちろん祭りの時に発見されたわけでもないだろうし、古い伝承と結びつけるのは強引と言える。

けれど見せ方によっては、もっともらしく演出することも可能だろう。


「――誰？」


「っ!?」

突然後ろから声を掛けられて、俺は息を呑む。

振り向いた先にあるのは、展示スペースの端に設置されたソファ。

そこに学生服を着た少年が腰かけて俺を見ている。

恐らく中学生だろう。

線が細く、服装次第では女の子にも間違われそうな容姿。

眠そうに目を擦《こす》っているところを見ると、あのソファで寝ていたのかもしれない。

「驚いた――先客がいたんだな。俺は――その、怪しい者じゃない。この村の歴史に興味があって、展示を見ていたんだ」

慌てて俺は少年に返事をする。

館内が静かなので、声が思った以上に大きく響く。

「そう……なんだ。ごめん……外から来た人、だよね？　僕、ちょっと居眠りしてて……目が覚めたら人がいて、つい声が出ちゃったけど……邪魔するつもり、ないから」

少年は視線を逸《そ》らし、俺に謝った。

何だかお互いに気まずい感じだ。

どうしたものかと頭を掻《か》いていると、少年がこう付け足す。

「ただ――お兄さんが歴史を知りたいのなら、ここの資料は物足りないかも……全部〝外向き〟のものだし」

「外向き？」

「外聞が悪いことは……書いてないってこと」

少年は皮肉っぽい口調で言う。

「外聞が悪い――か。でも人身御供《ひとみごくう》のことは書いてあったが」

俺がパネルを横目で見て言うと、少年は口の端を歪《ゆが》める。

「それを表に出すぐらい……事実がエグいってこと」

そう言ったところで少年はハッとする。

「──この話、興味ある?」

「もちろん。できれば詳しく聞かせて欲しい。俺、大学で民俗学を専攻してるんだ」

「そう……じゃあ教えてあげる。祭りで生贄《いけにえ》を捧げる儀式のことを……この村じゃ〝姥焼《うばや》き〟って呼んでたんだ」

少年は声を低くして告げた。

「うばやき?」

「耳慣れない言葉だよね……だけど、お兄さんも〝姥捨《うばす》て〟なら聞いたことがあるんじゃない?」

それなら確かに知っている。

「食糧が限られた村で、働けなくなった老人を山に捨てるという……」

「そう、いわゆる〝口減らし〟。それをね……この村では捨てるんじゃなく〝焼いて〟たんだよ」

少年は少し口調を速めて語る。

ずっと抑えてきた何かを、一気に吐き出しているかのような勢いだ。

「だから……〝姥焼き〟」

俺は顔を顰《しか》めて呟《つぶや》く。

「怖い、よね? この村の人たちって、昔から残酷で……自分さえ良ければいいんだろうな」

少年の声には軽蔑《けいべつ》の感情が籠《こも》っている。

「その言い方だと、今も何かあるのか？」

俺は気になって聞いてみた。

「……お兄さんも、この村で起きた事件は知ってるよね？」

「ああ――」

「あれで死んだ人、すごい嫌われ者だったんだ。だから皆、喜んでる。要らないモノが燃えて、なくなって……喜び合うなんて……昔と同じでしょ」

もはや軽蔑を超えて、嫌悪や敵意が滲《にじ》む声で彼は言う。

「かも、しれない」

俺は曖昧《あいまい》に相槌《あいづち》を打った。

空気が重くなったのを感じ、俺は少し強引に話を戻すことにする。

「それにしても、君は本当に詳しいな。人身御供《ひとみごくう》が行われていたのは明治以前だって書いてあったのに」

「――ここの展示、昔はちゃんと〝姥焼《うばや》き〟のことも書いてあったから。一昨年《おととし》ぐらいに……村長の指示で改装されたんだ」

かつてを懐かしむように少年は展示スペースを見回した。

現村長は先ほど会った由芽《ゆめ》の伯父だ。彼が〝外向け〟の展示に作り直したということか。

——何か理由があったのか？

確かに〝姥焼き〟の外聞は良くないだろうが、改装にも手間と金が掛かる。それに見合う何らかの動機があったのかもしれない。

「じゃあ君は昔からここによく来てたんだ？」

「うん……二階には、滅多に人が来ないから」

苦笑混じりに少年は答える。

「なるべく人に会いたくない？」

「まあ……ね。実を言うと……僕も嫌われ者なんだ」

自嘲《じちょう》気味の笑みを歪《ゆが》め、彼はソファから立ち上がった。

「僕——そろそろ帰るよ。もうすぐ管理人さんが戸締まりに来るからね」

「ああ……」

もう少し彼と話してみたかったが、引き留めることもできないので俺は頷《うなず》く。

「じゃあ——」

遠慮がちに小さく手を振り、少年は階段を降りていった。

「……名前ぐらい聞いておけばよかったな」

小さく息を吐く。

情報収集は必要だが、俺はあまり人とのコミュニケーションが得意な方ではない。

その辺りは夕緋《ゆうひ》に頼っている側面もあった。

公民館の入り口が開閉する音が二階まで聞こえてくる。

「閉館時間が近いなら、俺も出るか」

少年のおかげで展示以上に実のある情報を得られた。

そろそろ村長宅に向かうべきだろう。

公民館を出て、来た道を引き返す。

――にしても〝姥焼《うばや》き〟か……何だか〝ちぐはぐ〟な感じがするな。

歩きながら俺は考える。

生贄《いけにえ》を捧げ、豊穣《ほうじょう》を願う儀式。民俗学的に見ても、日本だけでなく世界各地で行われてきた風習の一つだ。

〝姥焼き〟も方法こそショッキングだが、口減らし自体は珍しいことではない。

問題はこの二つが組み合わさっていること。

――生贄といえば、若い娘が定番だ。

神にお願いごとをするのだから、〝大切なもの〟を捧げないといけない。そうでなければ願いを叶《かな》えてもらえないというのは自然な発想。

――けれど〝姥焼き〟というからには、捧げられていたのは口減らしの対象となった老人のはず。

言い方は悪いが……村にとって重荷となった者を捧げて、願いを聞き届けてもらえると考えるだろうか。

その辺りが不自然で引っかかる。何か前提条件が間違っている気がする。

「まあ——この辺りはもう少し情報を集めてみよう」

由芽《ゆめ》と別れた十字路まで戻ってきた俺は、遠くに見える大きなクスノキに足を向けた。

7

村長の家は、分かりやすく大きかった。

田舎なので他の家も土地を広く使い、都会暮らしの人間が羨《うらや》むような庭付き一軒家が当たり前ではあるが、村長宅は規模が違う。

敷地は漆喰《しっくい》の塀で囲われ、庭と思われる家の裏手には遠くからも見えていた大きなクスノキが聳《そび》えている。

瓦葺《かわらぶ》きの立派な屋根を頂く二階建ての屋敷は、複数の離れと渡り廊下で繋《つな》がっており、一目では全体像が把握できないほど。

入り口は車も通れる広さの大きな門があり、その横には鉄製の扉とインターフォンが設置された通用口。

表札には〝春宮《はるみや》〟と記されていた。

門と通用口のどちらも締め切られているため、俺は通用口のインターフォンを押す。

だがすぐには反応がない。

ただ由芽《ゆめ》が帰っているのなら、留守ではないはず。

しばらく待っていると、インターフォンから声が響いた。

『――どちら様っすかー？』

軽い感じの男の声だ。

「混河葉介《まぜかわようすけ》といいます。こちらを訪ねるよう言われてきたのですが……」

『………』

戸惑いを感じる沈黙。

兄や〝六課〟が手を回したのなら、話は通っているはず。だが来るのがこんな若造だとは思っていなかったのかもしれない。

『ちょっと待っててくださいねー』

けれど彼はそれ以上何も質問することなく、通話を切る。

三十秒ほど経った後、ガチャリと音がして通用口が内側から開かれた。

「いやー、あんたが噂《うわさ》の探偵さんっすか。もっと渋いおっさんをイメージしてたんでびっくりしましたよー」

俺を出迎えたのは、甚平《じんべえ》姿の男性。年齢は三十代後半だろうか。

何かの作業中だったのか、手ぬぐいを額に巻いている。

「――イメージと違うとはよく言われます。じゃあ、失礼して……」

一礼して通用口を潜《くぐ》り、村長宅の敷地に入る。

門から屋敷まで二十メートルぐらいの距離があり、そこまでは石畳が敷かれていた。

敷地の端には広い駐車スペースがあり、黒塗りの高そうな乗用車と、見覚えのある白色のスポーツカーが停まっていた。

「オレは使用人の早瀬《はやせ》一郎《いちろう》といいます。本当はもう一人同僚がいるんすけど、先月から奥様と坊ちゃん家族の世界一周旅行に同行してるんでワンオペなんすよ。いやー、オレもそっちが良かったっすね」

俺にそう名乗る男――早瀬さん。

息がかなり煙草《たばこ》臭い。歯も少しヤニで汚れているので、ヘビースモーカーなのだろう。

――先月というと焼死体事件の前か？

その辺りは確認の必要がありそうだと思いながら頷《うなず》く。

「そうなんですね。よろしくお願いします、早瀬さん」

「そんな畏《かしこ》まらなくていいですって。こっちっすよ、探偵さん」

早瀬さんは俺を促し歩き出す。

だが向かうのは屋敷の玄関ではなく、石畳の通りから枝分かれして延びる細い道。

「あの……？」

疑問に思って声を掛けると、彼は振り返って言う。

「探偵さんには客人用の離れを使ってもらいます。警察の人もしばらく前から滞在してるっすよ」

——警察の人、か。

それが誰かは兄から聞いていた。

駐車スペースにある白いスポーツカーも〝彼女〟のもの。

平屋建ての離れに案内されて近づくと、その縁側に腰かけて茶を飲む女性が目に映る。

彼女はこちらに気付き、笑顔で手を振った。

「来たわね、葉介《ようすけ》君」

「……奏《かなで》さん、先日ぶりですね」

白羽《しらは》奏。

表向きは存在しない〝捜査六課〟の刑事。

ついこの間、俺は彼女から〝災厄〟関連の資料を直接受け取ったばかりだ。

黒いスーツ姿に、色素の抜け落ちた白い髪。

非常にスタイルが良く、身長は俺とほぼ同じ。

見た目は若く二十代に見えるが、実年齢は分からない。

〝お役目〟をこなすようになってから、事件の度に顔を合わせている。

早瀬《はやせ》さんはそんな俺たちを見て、興味深そうに目を細めた。

「刑事に頼られる探偵って、本当にいるんすねー」

「そうそう、彼とっても優秀で——私、すっごく頼りにしてるのよ。事件解決のために頑張ってくれるから、何かあれば協力してあげてね？」

奏さんに笑みを向けられた早瀬さんは、どぎまぎしながら頷《うなず》く。

「そ、そりゃあもちろん！　あ——いや、でも、出来る限りは——って感じで」

だが途中でふと我に返った様子で、言葉を曖昧《あいまい》に濁す。

由芽《ゆめ》が言っていたように、村長は事件の解決に乗り気ではないのかもしれない。

「じゃあその、こちらでくつろいでください。離れのものはご自由に使っていただいていいっすから。夕食の時間になったら、また呼びにくるんで！」

彼はどこか気まずそうな感じで説明し、足早に母屋の方へ戻っていった。

この建物だけは他の離れと違い、渡り廊下で母屋と繋《つな》がっていない。周囲も生け垣で囲われており、ここから外には勝手に出るなという無言の圧を感じる。

——まあ、この方が気楽ではあるけれど。

俺は玄関に向かわず、そのまま縁側に腰かけた。

「奏《かなで》さん、状況を教えてくれますか?」

今さら丁寧に挨拶《あいさつ》する間柄でもないので、軽い口調で問いかける。

「――いきなり仕事の話? まずはお姉さんと軽く雑談しましょうよ」

悪戯《いたずら》っぽい笑みを浮かべる彼女。

「………お元気でしたか?」

仕方なく当たり障りのないところを聞く。

「元気元気。さっきもガチャでウルトラレア引いて超元気よー」

笑顔でスマホを取り出してみせる奏さん。

「ゲームへの課金はほどほどにしておいた方がいいですよ」

目当てのものを引くまで、いったい幾ら掛かったのやら。

「えー、葉介《ようすけ》君だって変な調理器具とかにお金無駄遣いしてるんでしょ? 妹さんから聞いて知ってるわよ」

俺はその言葉に渋い表情を浮かべる。

「それは訪問販売で押し切られたんですよ。都会の暮らしにまだ慣れてなくて――でも今後はもう対処できますから」

「あはは、そうだったのね。葉介君にも可愛《かわい》いところがあるじゃない。昔より少し人間らしくなった気がするわ」

まるで姉のような表情で彼女は俺を見た。

「……昔の俺は、人間らしくなかったですか?」

「そりゃあもう──謎《なぞ》は解くけど、そこに〝情〟はない──感じかしら」

「………」

きっぱり言われて、俺は頰《ほお》を搔《か》く。

昔は朔《さく》を救うため──〝災厄〟の手がかりを集めようと本当に必死だった。

今も当然真剣ではあるが、十年に及ぶ徒労は俺の中にある熱を確実に奪い取っている。

「やっぱり妹ができると変わるものなのね──お兄ちゃん?」

「……からかわないでください」

「ふふ──ごめんごめん。でも本当に嬉《うれ》しいのよ。人の成長を見るのはね」

「………そろそろ仕事の話をしませんか?」

居心地が悪くなり、俺は話を変えようと試みる。

「せっかちねー。まあでも、ちょっと面白い話も聞けて満足よ」

うーんと伸びをした後、奏《かなで》さんは立ち上がる。

「お茶淹《い》れてくるわ。葉介《ようすけ》君は玄関の方から上がってきて」

「分かりました」

俺も立ちあがり、玄関の方に回り込んで家の中に入った。

廊下を進んで居間に入ると、机の上に広げられた捜査資料が目に映る。

そこへお盆にお茶を載せて奏さんがやってきた。

「どうぞー」

お茶を机に置いた奏さんの対面に腰を下ろす。

ざっと捜査資料を眺めると、気になるものがあった。

「古い捜査資料もありますね」

今回騒ぎになっている放火事件と焼死体事件以外の資料だ。

一つは三年前。もう一つは十六年前か。

「とりあえずかき集めてきたんだけど……この村はホント平和みたいでさ、事件性がありそうなのはその二つだけだったのよ。どちらも失踪《しっそう》で――ここ、春宮《はるみや》家の人間ね」

指で下を示す奏さん。

「失踪ですか。その後も見つからないまま？」

「いいえ、十六年前の失踪者はその後に東京で交通事故に遭ったことがきっかけで発見されてるわ。残念ながらそのまま亡くなってるけど……。まあ今回の件に直接の関係はないし、これは一旦置いておきましょう。葉介君に解決して欲しいのは、焼死体事件の方だもの」

その捜査資料と思われるものを、奏さんは俺に差し出す。

そこには検死結果も含めた事件の内容が記されているようだった。

「放火の方はいいんですか？」

「そっちはねー……焼死体との関連を疑って捜査を進めてはいるんだけど、手がかりが少な過ぎるのよ。分かっているのは、可燃性の液体を撒《ま》いて着火したことだけ。目撃証言は皆無。おまけに村の人たちが全然協力的じゃなくてね……」

お手上げというジェスチャーをする奏《かなで》さん。

「新たな手がかりが見つかったら報告するけれど、今は焼死体の件を優先してちょうだい」

「了解です」

俺が頷《うなず》くと奏さんは手帳を広げて話し始める。

「事件発生は約一か月前——早朝に犬の散歩をしていた男性が、半野《はんの》医院付近で異臭を感じて周囲を捜索したところ、近くの繁《しげ》みで焼け焦げた死体を発見。司法解剖の結果、死体は半野医院の院長である半野義正《よしまさ》、五十七歳と判明したわ」

淡々と語られる内容は、由芽《ゆめ》から聞いた話の詳細だった。

「半野氏は亡くなる前日、医院に隣接する自宅へ春宮《はるみや》家の方々を夕食に招待してるの。招かれたのは、村長の春宮秀樹《ひでき》とその姪《めい》の二名。さっきの早瀬《はやせ》さんが車で送迎したみたいよ。彼らが二十時に帰宅して以降、半野氏の目撃証言はなし」

——村長と由芽が招待されていた？　確か村長選を巡って対立する間柄だったはずだが。

「ちなみに村長の妻と息子夫婦、それに使用人の一人は、事件の数日前から海外旅行へ出かけているわ」

　奏さんはそう情報を付け加える。

　早瀬さんも言っていたが、彼らが出かけたのは事件前だったらしい。

　家族を事件に巻き込まれないようにした――というのは考え過ぎだろうか。

「半野氏の家族については？」

　疑問はあるものの、まずは状況の確認を優先する。

「中学生の息子が一人。でも事件当日は二十キロ以上離れた隣町に行っていたらしくて、深夜徘徊《はいかい》しているところを補導されてる。村に帰ってきたのは事件発覚後」

「……バスの運行は一日二本。午後の便は夕方。つまり事件が起こったと思われる時間帯には、村にいなかったことになりますが……」

　俺がそう呟《つぶや》くと奏さんは眉《まゆ》を動かす。

「あら、息子を疑ってるの？」

「いや――その、彼が父親から虐待を受けていた……というような話を耳にしたので」

　由芽から聞いた話を思い出しながら言う。

「さすが、もうそこまで摑《つか》んでたのね。確かに彼に対する虐待の通報が、児童相談所にされていたわ。ただ両者が虐待を否定したことで、それ以上の調査はされなかったそうよ」

「そうだったんですか……」

虐待の件はあくまで由芽《ゆめ》の主観によるもの。

由芽の勘違いという線もありえるだろう。

「だけど虐待のことを抜きにしても、半野《はんの》氏の評判はすこぶる悪かったわ。村長選への出馬を考えていたらしく、自分を支持している患者だけ優遇していたというか――それ以外の人たちへの態度が相当酷《ひど》かったみたい」

奏《かなで》さんは肩を竦《すく》める。

由芽の話通り、かなり横暴な人物だったようだ。

「恨みを抱いている人間は多そうですね。容疑者は絞り込めているんでしょうか？」

そう訊《たず》ねると、奏さんはこちらに顔を寄せて潜めた声で言う。

「――これは表に出してない情報なんだけど、半野氏の遺体からは睡眠薬が検出されてるの。眠らされた状態で外に連れ出され、火を点《つ》けられた可能性が高いわ」

彼女の顔が近すぎたので俺は少し身を引いた。

「つまり……直前の夕食に睡眠薬が混入されていたかもしれないと？」

「そういうこと。食事の場に同席していたのは村長とその姪《めい》。ちなみに早瀬《はやせ》さんは二人を送り届けた後は春宮《はるみや》邸に戻って雑務を行っている。その間、回覧板を届けに来た隣人に応対しているから在宅は証明されているわ」

それを聞く限り早瀬さんは容疑者から除外してよさそうだが、念のため聞いておく。

「夕食後、早瀬さんにアリバイはありますか？」

「村長と姪を迎えに行き、帰宅してからすぐに車で隣町のガソリンスタンドへ向かっているわ。二人の送迎中に泥を撥《は》ねて車が汚れたから、洗車しておくよう村長に言われたみたい。その後は——」

そこで奏さんは俺に意味ありげな視線を向ける。

「何ですか」

「——隣町の風俗店で明け方まで過ごしていた。ちゃんと裏も取れてる」

「じゃあアリバイは完璧《かんぺき》ですね」

俺が表情を変えずに答えると、彼女は当てが外れたような顔で息を吐く。

「つまらないわね。もうちょっとウブな反応をしてくれてもいいのに」

「変な期待をしないでください」

ジト目で彼女を見つめ、俺は肝心なことを問いかける。

「早瀬さんのことは分かりました。では村長と姪については？」

「姪は食事中に寝てしまって、迎えに来た早瀬さんに運んでもらったそうよ。村長も食事中に眠気を感じて、帰宅後すぐに就寝したと言っているわ」

「二人とも眠気を？　半野邸での夕食は誰が用意したものなんでしょう？」

夕食に睡眠薬が混ぜられていたのなら、作った人物が最も怪しくなるが……。

「半野《はんの》氏よ。七年前に離婚してからは料理が趣味だったみたい」

「……もしも三人全員が睡眠薬入りの料理を食べていたなら、食材自体に薬が仕込まれていた可能性もありますね」

俺がそう言うと奏《かなで》さんは頷《うなず》く。

「ええ。その場合、疑わしいのは半野氏の息子ね。調べた限りだと、事件前の数日間は他に半野氏の自宅内に入った人物はいなかったし」

俺はそれを聞いてしばし考え、口を開く。

「残っていた料理や食材、食器は調べたんですよね？」

「もちろん。でも食器は綺麗《きれい》に洗われていて、冷蔵庫の食材やゴミ箱の残飯からも何も出なかった。睡眠薬を飲まされていたなら眠かったはずなのに——かなりマメな人物だったみたい」

「じゃあ睡眠薬をどうやって飲まされたかは不明……怪しいのは夕食に薬を混入可能だった村長と姪《めい》、そして食材などに薬を仕込むことができる半野氏の息子——その三名ですか。特に村長と姪にはアリバイもない……」

先ほど話した限りでは、由芽《ゆめ》は殺人を行うような子には思えない。

だが印象と直感だけで物事を判断してはいけないことも十分承知していた。

俺の言葉を聞いた奏さんは、大げさに顔を顰《しか》める。

「ええ、でもね……この事件、アリバイを検証するまでもなく彼らを容疑者にすることはできないのよ」

「アリバイは関係ない――つまりそもそも〝犯罪が不可能な状況〟だったと？」

渋い顔で奏さんは首を縦に振った。

「半野氏は夕食後、自宅の固定電話で支援者の一人に〝会食は終わったが、今日予定していた電話での打ち合わせは酷《ひど》く眠いので後日に〟と連絡している。だからその時まで彼は起きていて、村長と姪が帰宅したことは確か。なのに――それ以降、半野氏の自宅に出入りした人間がいないの」

「それが分かるってことは……防犯カメラでもあったんですか？」

奏さんは俺の問いに頷く。

「嫌われ者だけに悪戯《いたずら》をされることも多かったらしくて、防犯カメラを導入したらしいわ。警備会社に登録して設置したカメラが六か所――死角がないように設置されているわ」

その説明を聞いて、俺は額を押さえる。

「半野氏が連絡した支援者というのは？」

「村にある神社の神主――伊統重人《いとうしげと》氏よ。スマホに着信履歴も残ってる。表立っては秘密にしていたらしいけど、半野氏の支持者として活動していたそうよ」

神社の神主――恐らく村でも特別な立場にある人物だろう。

神事である火祭りにも関わっているはずだ。

そんな人物を味方に付けたのなら、村長選にも勝つ見込みがあったのかもしれない。

「その証言を信用するなら、村長たちが帰宅した後の半野《はんの》邸は密室。そこから半野氏はいなくなり――近くの繁《しげ》みで焼死体として発見されたと……」

「そうなるわねー」

「先ほど挙げた三名の中で何か気になる履歴がある人間はいましたか？」

「――全員に犯罪歴はなし。ただ、七年前に村長が投資詐欺にあったと警察に届け出ているわ。でもこれは半ば自業自得というか、逆恨みに近い告発で――事件性はなく、立件もされていない。それでも大損したのは確かだろうし、今もお金に困っているんじゃないかと調べてみたけれど……当時彼が作った借金はとっくの昔に完済済みだった」

「今回の事件と結びつけるのは、少し難しそうですね」

俺の言葉に奏《かなで》さんは頷《うなず》く。

「ええ。でもね……仮にそれらしい動機があったとしても、犯行自体が不可能なのよ。だから捜査も行き詰まってる。そこに今回のアレ」

奏さんはそう言うとスマホを取り出し、ネットでも配信されている例のオカルト番組のページを俺に見せた。

「番組でも夕食後に半野氏が知人に連絡を取っていた件と防犯カメラについては把握していて――これは不可能犯罪で、ひょっとすると村に言い伝えられている〝焔狐《ほむらぎつね》〟の仕業では……

なんて面白おかしく煽《あお》り立てているわ」

「――そんなモノはいません。それを証明するために俺が来たんです」

俺が首を横に振ると、奏さんは小さく笑う。

「そうよね。今回も見事に謎《なぞ》を解き明かしてちょうだいね――嘘が真になる前に」

「はい」

決意を込めて頷く。

謎を解くことで、また一つ〝災厄〟に関する情報も得られるのだから。

そんな俺の想いを察してか、奏さんは言う。

「頼りにしているわ。報酬も――ちょっと無茶なお願いぐらいなら聞いてあげるから」

「期待しています」

俺は彼女に笑みを返し、手をつけていなかったお茶を飲み干す。

出涸《でが》らしだったのか、そのお茶はかなり薄かった。

8

離れには客室が四部屋あり、キッチンと浴室、トイレが備わっていた。

俺は客室の一つに荷物を置き、これからどうしたものかと考える。

夕食ができたら呼びに来るという話だったが、それまで手持ち無沙汰《ぶさた》だ。

今この屋敷にいるのは、俺と奏《かなで》さんを除けば三名。

村長の春宮秀樹《はるみやひでき》と姪《めい》の春宮由芽《ゆめ》。そして使用人の早瀬一郎《はやせいちろう》。

早瀬さんは夕食の支度中だろうし、母屋で夕食が食べられるのなら村長と由芽にはそこで会える可能性が高い。

今は無理に話を聞きに行く必要はなさそうだが……。

「屋敷の様子だけでも見ておくか」

俺はそう呟《つぶや》いて腰を上げる。

容疑者のうち二人が暮らす場所ならば、そこを把握しておくのも重要だろう。

ブブ――。

だがその時、ポケットに入れていたスマホが震える。

取り出してみるとメッセージが一件届いていた。

『お兄様！　もうすぐそっちに着くよ！　一人でアブないことはしちゃダメだからねっ！』

動き出そうとしたタイミングで、釘《くぎ》を刺されてしまった。

「……けど、別に危ないことではないからな」

言い訳するように呟いて、俺は部屋を出る。

奏さんはもう居間にいなかったので、特に声を掛けることなく離れの玄関へ向かった。

——庭を歩くぐらいなら、文句も言われないだろう。

母屋や他の離れに入らなければ、庭を散策していたと言い訳できる。

もしかすると由芽にも会えるかもしれないと思いながら、離れを囲う生け垣の外に足を踏み出した。


庭は素人目《しろうとめ》にも見事なものだった。

飛び石の周りは砂利が敷き詰められ、塀の近くにある松や柘植《つげ》の木は綺麗《きれい》に剪定《せんてい》されている。

屋敷の横手に回り込むと、そこは大きな池のある中庭になっていた。

水の中には色とりどりの鯉《こい》が泳いでおり、餌《えさ》の時間だと思ったのか池の縁にいる俺のところへ集まってくる。

「餌はないぞ」

そう呟いて池を離れ、さらに庭の奥へ。

向かう屋敷の裏手は、それまでと様相が違っていた。

最低限の手入れはされているようだが、背の低い木々が生い茂っており、見通しが悪い。

さらにその向こうにはクスノキが聳《そび》え、俺の頭上まで枝葉が傘のように広がっている。

もはやちょっとした林のような緑の中に、建物の屋根が見えていた。

どうやらそこにも離れがあるらしい。

少しばかり踏み込むのを躊躇《ちゅうちょ》する雰囲気があるが、今のうちに見られるものは見ておこうと俺は足を進めた。

木々の間に敷かれた飛び石を踏み、奥へ奥へ。

枝葉で夕陽が遮られ、急に辺りが暗くなる。

風が吹き、ざぁざぁと木々が鳴く。

段々と奥に見えていた建物が近づいてきた。

グルルルル――。

けれどそこに響く唸《うな》り声。

俺の行く手を阻《はば》むように、獣の影が小道の先に現れた。

〝焔狐《ほむらぎつね》〟のことが頭の片隅にあったせいか、狐かと一瞬思ってしまう。

だがそれは狐にしては体が大きく、毛並みも黒い。

「番犬――」

ガウッ！　ワンッ！　ワンッ！

野太い咆《ほ》え声が俺に向けて放たれる。

雑種なのか顔立ちは柴犬などの日本犬に近いが、体は大型犬並み。

襲い掛かられたら簡単に押し倒されてしまうだろう。

「っ……」

血の気が引く。

これは少し、いや——かなりヤバいかもしれない。

放し飼いにされている番犬がいるなど聞いていなかった。

すぐに回れ右をしたいところだが、視線を外したり背を向けたりすれば、一気に襲い掛かってきそうな気配がある。

視線を合わせたままジリジリと後退するものの、犬は唸りながらその分の距離を詰めてきた。

——夕緋《ゆうひ》の言う通り、大人しくしておくべきだったか。

後悔するが遅い。

とにかく今はこの窮地を脱しなければ。

俺はさらに後退を続け、犬が見逃がしてくれることを願うが——。

「っ——」

落ち葉か何かを踏んだ足が滑り、バランスを崩す。

「がうっ!!」

番犬はその隙《すき》を逃さず、牙《きば》を剝《む》き出して俺に向かってきた。

「くそっ」

とっさに腕で体を庇《かば》おうとする。

腕に嚙《か》みつかれることを覚悟したが、俺に跳びかかる寸前で犬はピタリと動きを止めた。

「ぐうううう……」

低く唸《うな》り、こちらを睨《にら》みつけているが、その様子はこれまでとは違う。

へっぴり腰で、怯《おび》えるようにじりじりと後ろに下がっている。

それはまるで先ほどの俺のよう。

——怯えるって何に……？


「お兄様、アブないことはしないでって言ったのに……」


その声にぞくりと震えが走る。

番犬などより恐ろしい存在が俺の背後にいた。

「いや……ちょっと庭を散策してただけで……」

「軽はずみな行動だよ。もしこれでお兄様が怪我《けが》をしていたら、わたし——」

じわりと背中に汗が滲《にじ》む。

正面から相対していた番犬は、俺以上に危機感を抱いているらしく、尻尾《しっぽ》を股《また》の間に挟んで震えていた。

俺は恐る恐る振り返る。

そこに立つのは、高校の制服を着た妹――混河夕緋《まぜかわゆうひ》。

苛立《いらだ》たしげに頬《ほお》を膨らませていても、その姿は愛らしい。

けれど動物には分かるのだろう。

彼女が見た目通りの、華奢《きゃしゃ》で小柄な女子高生ではないことが。

ウゥゥウゥ……。

番犬は完全に怯えきっている。

だが不思議なことに、その場から逃げ出そうとはしなかった。

「――この犬、一生懸命に番をしてるんだね。お兄様、戻ろうか」

夕緋が感心した様子で言い、俺を促して歩き出す。

「あ、ああ」

俺は頷《うなず》き、夕緋の後に続く。

番犬は追ってこなかった。

「で――お兄様、何か言うことは？」

歩きながら夕緋が俺を横目で見る。

俺は少し考え、素直に謝ることを選択した。

「勝手なことをして悪かった」

「全く……お兄様は危機感が足りてないって。ほら、助けてあげたお礼に頭撫《な》でてよ」

そう言って俺に頭を寄せてくる夕緋《ゆうひ》。
仕方なく彼女の頭に手を置き、指で優しく髪を梳《す》くようにして撫《な》でる。
「ふふー、いい感じ」
気持ちよさそうに夕緋が呟《つぶや》く。
そこには先ほど見せた恐ろしさの欠片《かけら》もない。
ちらりと後ろを振り向くと、番犬もこちらに背を向けて去って行くのが見えた。
——あの奥にある建物を守ってたのか？
建物に近づいた者を追い払うように躾《しつ》けられているのなら、相応の理由もあるはずだ。
ザァーッとクスノキが大きくざわめく。
その広がる枝葉は、根元にある家と林を庇護《ひご》する腕のようだった。

第二章 ◆ 春《はる》宮《みや》家

1

夕緋《ゆうひ》と共に離れに戻り、玄関に放置されていた彼女のトランクを部屋まで運び、荷物の整理を行っていると——奏《かなで》さんがふらりとやってきた。

「夕緋ちゃんも来たみたいだし、私は一日お暇《いとま》させてもらうわね」

「えー、奏さんもう帰っちゃうの？　夕ご飯ぐらい一緒に食べようよー」

夕緋がそう言うと、奏さんは苦笑を浮かべる。

「あなたたちがすることを私は見ないし、こちらからは干渉しない。それが混河《まぜかわ》との取り決めだからね。まあでも——必要な情報や鑑識で調べて欲しいモノがあれば、いつでも連絡してくれていいわよ」

「分かりました」

頷《うなず》いた俺の肩を奏さんはポンと叩《たた》く。

「あと、どんな結果になろうが〝後始末〟はこちらでちゃんとするから。前よりもちょっとだけ優しくなったあなたが、どんな結末を導くのか——楽しみにしているわ」

その声音は優しいものだったが、こちらを見る彼女の瞳《ひとみ》にはどこか残酷さすら感じさせる好奇の色があった。

「――はい」

硬い声で俺は答える。

付き合いはそれなりに長いが、俺はこの〝大人〟の心の内を未《いま》だ解き明かせてはいない。

そもそも彼女が本当に警察官と呼べる人物なのかすら怪しい。

表向きは警察として振る舞っているが、彼女の言う〝後始末〟は超法規的措置も含むことが多い。

そんな〝六課〟の正体もまた大きな〝謎《なぞ》〟の一つだった。

奏さんが離れを出てしばらくすると、ブォンブォンというスポーツカーの高いエンジン音が響き渡り、凄《すご》い勢いで遠ざかっていく。

「あの人、法定速度とか守ってるのかな?」

夕緋が苦笑混じりに言う。

「さあな」

俺は肩を竦《すく》めて答えた。

外が本格的に暗くなってきた頃、早瀬《はやせ》さんが夕食の準備ができたと知らせに来た。

「刑事さん、少し村を離れるそうっすね。離れはとりあえず今週いっぱい警察に貸すことになってるんで、その間は探偵さんたちに使っていただいて全然構わないんすが……」

彼は俺と夕緋《ゆうひ》を先導しつつ、来週以降も居座られるのは少し困るという様子で言う。

「ありがとうございます。大丈夫です――そう長くはかかりませんから」

俺が急に招集されるほど〝焔狐《ほむらぎつね》〟の噂《うわさ》が大きくなっているのなら、猶予はあまりない。

できれば三日以内にケリをつけたいところだ。

大学で提出するレポートの期限も迫っていた。

「おお、すげえ自信っすね」

感心した様子で彼は言い、夕緋の方に視線を向ける。

「それにしても――助手の方が来るとは聞いてたっすけど、女子高生だとは思わなかったですよ」

「あはは、わたしを見た時びっくりしてたもんねー」

夕緋が面白そうに笑う。

「探偵さんの妹――なんすよね？」

「そうそう、わたしとお兄様が揃《そろ》えば無敵なんだから。事件のことはドンと任せちゃってよ」

胸を張って請け合う夕緋だったが、早瀬さんは戸惑った様子だ。

「はあ……頼りにさせてもらいます」

社交辞令を返すものの、その表情には〝ホントに大丈夫か？〟という気持ちが露骨に現れていた。

「ただ夕食の場には旦那《だんな》様だけじゃなく姪御《めいご》さんも同席されますから、失礼のないようにお願いしますよ」

夕緋のフランクな口調が気になったのか、彼はそう釘《くぎ》を刺す。

姪というのは由芽《ゆめ》のことだろうが、村長よりもそちらに気を遣っている様子なのが引っかかった。

「その姪御さんは、どんな方なんですか？」

容姿は知っているが、あえてそう問いかけてみる。

「まだ中学生なんすが美人っすよ。母親とそっくりで——あ、俺は母親の由科《ゆか》さんと同級生でして……まあ、でも口説いたりしちゃダメですからね？」

「そうだよ、お兄様？」

何故《なぜ》か夕緋まで念押ししてきた。

俺は苦笑混じりの顔で頷《うなず》きつつ、考える。

先ほど彼は村長の妻と息子夫婦が旅行に出ていると言っていた。使用人を除けば、家に残っているのが村長と由芽の二人だけ。つまり由芽の両親はいないことになる。

——三年前と十六年前の失踪者《しっそうしゃ》。

どちらも春宮家《はるみや》の人間らしいので、一方が由科《ゆか》という女性なのだろうか。

そう考えているうちに、先導する早瀬《はやせ》さんが足を止める。

「あ——着きましたよ。こちらの部屋に入ってください」

案内されたのは高そうな掛け軸が飾られた広間だった。

早瀬さんは俺たちを中に誘うと、座る席を指定してから足早に去っていった。

ワンオペだと言っていたので、色々と仕事があるのだろう。

広間には膳《ぜん》が用意されており、俺と夕緋《ゆうひ》は並んだ席に腰を下ろす。

向かいにも二つの膳。

座布団の上に正座で腰を下ろし、しばらく待っていると——微《かす》かな足音が聞こえてきて、奥の襖《ふすま》が開いた。

広間に入ってきたのは、恰幅《かっぷく》のいい初老の男性と着物を着た中学生ぐらいの女の子。

男性は足が悪いのか、右足を引きずるような歩き方をしていた。

——由芽《ゆめ》、だよな?

女の子の方には見覚えがある。少し前に会ったばかりの少女に間違いない。

ただそれでも一瞬疑問を抱いてしまうぐらいに、今の由芽は雰囲気が異なった。

制服姿ではなく着物を着ているせいもあるが、何より顔つきが違う。

彼女の表情は感情が欠けた冷たいものだった。

真面目だが愛嬌《あいきょう》もあった先ほどの由芽とは正反対の印象。

俺と目が合っても、眉《まゆ》をピクリとも動かさない。

男性の方は恐らく村長だろう。

ただ意外なことに、上座に腰を下ろしたのは由芽の方だった。

俺と正面から向かい合う形になるが、彼女は無表情を崩さぬまま。

無言の彼女に代わり、男性の方が口を開く。

「――ようこそ、お客人。刑事さんから話は聞いていたが……こんなにお若い探偵さんたちだったとは」

髭《ひげ》を蓄えた口元に浮かぶ笑みは柔和なものだが、どこか嘘《うそ》くさい。

たぶん目が笑っていないからだろう。言葉にもどこか皮肉めいた響きがある。

「私は春宮秀樹《ひでき》。ここ伊地瑠《いちる》村の村長を務めている。そしてこちらが春宮家の当主である姪《めい》の由芽だ。妻と息子夫婦もいるのだが、少し長めの海外旅行へ出かけておってな――まだしばらくは戻る予定がない」

――由芽が当主？

村長の紹介に俺が驚いていると、由芽が小さくお辞儀をする。

「由芽と申します――よろしくお願いします」

初対面のふりをするとは言っていたが、ここまで徹底していると別人なのかとすら思ってしまう。

「……よろしくお願いします。俺は混河葉介《まぜかわようすけ》、こっちは妹の――」

「混河夕緋《ゆうひ》です。お兄様の助手をしています。どうぞよろしくー」

夕緋が俺の言葉を引き取って自己紹介をする。

「それにしても由芽《ゆめ》ちゃん――すっごい美少女で驚いちゃいました！　よければ後でお喋《しゃべ》りしませんか？　女同士の方が話しやすいこともあるだろうし」

畏《かしこ》まっていたのは最初だけ。夕緋はすぐ親しげに話しかける。

「――ご提案はありがたいのですが、申し訳ありません」

明るく提案する夕緋だが、由芽は首を横に振った。

「ありゃ……断られちゃった。まあでも仲良くしようねー」

けれど夕緋はめげることなく笑みを返す。最後は自然に敬語を外している辺り、根っからのコミュ強だ。俺にはとても真似《まね》できない。

ただそれにしても……。

春宮《はるみや》由芽――本当にさっき会った時とは全然印象が違う。

冷然とした態度を取らねばならない理由があるのだろうか。

すると村長が苦笑いを浮かべて言う。

「申し訳ない。由芽は前当主の祖母に厳しく躾《しつ》けられておってな――当主には〝個人の求め〟に軽々しく応じてはならんという掟《おきて》があるのだ。由芽に何か頼む時は、基本的に私を通してくだされ」

「村長さんの言うことなら聞いてくれるってことですか？」

不思議そうに夕緋が問いかける。

「村の代表としての要請であれば、基本的には応じてくれよう。〝村の総意〟に応えるのが当主の務め。私的な頼みには聞く耳を持ってくれんがな」

溜息《ためいき》を吐《つ》く村長は、どこか歯がゆそうな表情で由芽を見た。

「要請――彼女は何か他人から求められるようなモノを所有しているということでしょうか？」

俺も気になって疑問をぶつける。

「春宮家の当主には、この辺り一帯の山の所有権と莫大《ばくだい》な財産が相続されるのだ。山での狩猟や採取の許可に、様々な融資依頼の精査も当主の仕事。彼女はまだ未成年ゆえ、今は私が大半の雑務を代行しておるが――春宮家や村にとって重要な判断は、由芽自身が下すことになっている」

「なるほど……彼女が下手に約束事をしてしまうと、後々に大きな問題になったり――村長さんが代行したお仕事が台無しになってしまう恐れがあるんですね」

だから夕緋の些細《ささい》な提案にも応じることができなかったのだろう。

何故《なぜ》まだ若い由芽《ゆめ》が当主などになったのかは知らないが、ずいぶんと窮屈な生活を送っているらしい。

「そういうことだ。ちなみに警察や探偵さん方に離れを貸したのは、由芽が〝村の利益になる〟と判断したから。だが結果が出ないとなれば、無駄飯喰《むだめしぐ》らいだと追い出されるやもしれん。私にはどうにもできぬことゆえ、その時はご勘弁願いたい」

困ったような顔で村長は言うが、どこかそうなることを望んでいるような雰囲気も感じられた。

――中立でいた方がいいって言ってたのはこういうことか。

由芽の言葉が腑《ふ》に落ちる。

客観的に見て公正だと思われる判断を下している限り、由芽の意見はかなり尊重されるのだろう。

「はは、追い出されないように頑張りますよ」

俺は愛想笑いで応じる。

「ご飯分の働きはするから安心してくださいっ！」

夕緋《ゆうひ》も笑顔で答えた。

自信を見せた俺たちに、村長はぎこちない笑みを返す。

「……期待しているよ。私も出来る限りの協力はしよう」

恐らく社交辞令ではあるが、せっかくの機会なので遠慮なく行こう。

「では少しお話を伺ってもいいでしょうか？　今回、焼死体で発見された半野《はんの》氏と最後に会ったのがお二人だとお聞きしたので……」

「ああ、構わんが——」

村長が頷《うなず》いた時、襖《ふすま》の向こうから声が響く。

「失礼しまーす」

軽い口調で挨拶《あいさつ》をして、使用人の早瀬《はやせ》さんが料理を運んできた。

料理が膳《ぜん》に並べられたことで、張りつめていた場の空気が少し緩む。

「さあさあどうぞ、召し上がってくださいー」

早瀬さんはそう言い、そそくさと退室していった。

「話は食事をしながらにしようか」

「はい——」

村長に促されて、俺たちは箸《はし》を取った。

由芽も無言のまま食事を始める。

「それで先ほどの話だが——半野院長と最後に会ったのは、確かに私と由芽だ。夕食に招待されたのでな」

村長はお椀《わん》を手にしながら言う。

「いったいどのような用件だったのでしょう？　村長さんと半野氏《はんの》は、村長選を巡って対立していたと聞きましたが」

「……彼の目的は由芽《ゆめ》さ。村長選に出馬する者は、春宮《はるみや》家当主へ挨拶《あいさつ》するのが村の慣例なのでね。いかに対立候補であろうと、出馬そのものを妨害することはできん。まあ……保護者として同行はさせてもらったがな」

含みのある口調で村長は言う。

由芽が何か言質《げんち》を取られてしまわないように、目を光らせていたに違いない。

「そういうことでしたか――その挨拶で何かトラブルなどは？」

俺が問うと、村長は首を横に振った。

「いいや、特に何も。私がいるのもあってか、夕食の席では当たり障りのない世間話しかしなかったな。まあ……あちらは春宮家当主と顔合わせをしたという事実が得られれば、それでよかったのだろう」

それを聞いて俺は由芽の方をちらりと見た。

「由芽……さんと、半野氏の関係についてお聞きしたいんですが――いいでしょうか？」

先ほど言われた通り、村長を通す形で問いかける。

「由芽――教えてさしあげろ」

村長がそう促すと、由芽は無表情で頷《うなず》く。

「関係というほどのものはありません。見かけることは時々ありましたが、直接話したのは先日が初めてです。体調を崩した時も隣町の病院に連れて行ってもらっていましたから。あえて言うなら、彼の息子と同級生だった――ぐらいでしょうか」

淡々とした口調で由芽は言う。

――例の虐待されていたかもしれない息子か。

「その息子さんとは仲がよかったんですか?」

「いいえ。同じクラスになったことはありますが、特に親しくはなかったです。私は五年前に村へ来たので、幼馴染《おさななじみ》というわけでもないですし」

前に話した時はその息子に同情しているようなことを言っていたが、今の言葉も嘘《うそ》には感じない。

「わかりました。ありがとうございます」

礼を言って村長の方に向き直る。

「とても参考になりました。しかし……彼が焼死体で発見された時は、さぞ驚かれたでしょう?」

「ああ――驚いたし、私たちが疑われるのではないかと肝が冷えた。ただ彼の身に不幸が振りかかったのが、私たちが帰った後であったことはすぐ明らかになってね。犯人扱いはされずに済んだよ」

村長は大げさに安堵《あんど》の表情を浮かべて見せる。

ただ彼が最も怪しい人物の一人であることは変わりない。

「帰宅後、ずっと家にいたと証明することはできますか?」

「アリバイというやつかね? そうだな、家に帰ってすぐに寝てしまったので証明は難しいが……実を言うと私は足が悪くてね」

そう言って彼は自分の右足をさすってみせる。

「車がなければ遠くまでは行けん。誰にも気付かれず、こっそり彼を殺しに出かけるなどできんよ」

「そうですね――」

彼の足のことは俺も気付いていた。

演技の可能性もあるが、病院などに記録が残っているはずなので簡単にバレるような嘘《うそ》は吐《つ》かないだろう。

事件についてはこれ以上追及できないようなので、俺は話題を変えてみる。

「……もしも半野《はんの》氏が村長選に出馬していたら、結果はどうなっていたと思います?」

「彼の評判はすこぶる悪かった。そのような人物が当選するわけがなかろう」

顔を顰《しか》めて村長は答えた。

「相手にはならなかったと?」

「もちろんだとも」

迷いなく断言する村長。

もし村長が半野氏を敵だとすら思っていなかったのなら、殺害の動機はなくなる。

――けど半野氏も勝算があって村長選に出馬しようとしていたはずだ。

半野氏に勝ち目がなかったかどうかは、まだ分からない。

「そうですか――では村長は半野氏の事件をどのようにお考えなのでしょう？」

彼の見解を知りたくて問いかける。

「さあな……彼の人柄から考えて、恨みを持つ者は多い。その誰かが殺したと考えるのが普通だろうが――事件に巻きこまれた可能性もあるのではないかと考えている」

「というと？」

「この村で不審火が相次いでいるのは知っているだろう？　これまでの標的は無人の建物ばかりだったが、犯行はエスカレートするもの。犯人は次の標的に嫌われ者である半野院長の家を選んだのではないかね？」

村長は指を立て自らの説を語る。

「恐らく放火先として狙《ねら》われたのは、夜は無人になる医院の方。しかし半野院長は防犯カメラでそれに気付き、外に出て犯人と揉《も》み合いになり殺されてしまった……とかはどうだろう？」

少し得意げな様子の彼に、俺は首を横に振ってみせた。

「面白い説ですが、それだと犯人は防犯カメラにばっちり映っているはずですよ」

「ああ、それもそうか。さすが探偵さん。素人《しろうと》の推理では歯が立ちませんな」

苦笑いを浮かべて村長は言う。

「いえ……俺も半野《はんの》氏の件と放火事件には何か関連があるかもしれないと考えていたので、とても参考になりました」

粗はあったものの、参考になる部分はあった。

これまでの傾向から考えて、確かに無人の医院は放火の対象になりえるだろう。

だというのに燃やされたのは医院ではなく半野氏だった。人的被害は出さないようにしていた犯人が、いきなり人を直接狙《ねら》うだろうか。

同一犯と考えるのは違和感があるが……具体的に推理を固めるには情報が足りていない。

「ねえ村長さん、今回の事件は〝焔狐《ほむらぎつね》〟って妖怪《ようかい》？　みたいなモノの仕業だってテレビで騒がれてたんですよね？　この村の人たちも、そう思ってたりするんですか？」

そこで夕緋《ゆうひ》が疑問を口にした。

村長は複雑そうな顔で答える。

「……確かに、迷信深い者の中にはそんなことを言う者もおるよ。この村は老人が多いからな。信じられないかもしれんが、ここでは私でもまだ〝若手〟なのだよ」

壮年の村長は自嘲《じちょう》気味に告げた。

「へぇー、そんなにおじいちゃんおばあちゃんばっかりだったんだ。でも長生きできる人が多いのなら、ここは良い場所なんですね」

「……………その通りだよ」

明るい声で言う夕緋とは対照的に、村長の声音は妙に重かった。

「ちなみに村長さんと由芽《ゆめ》ちゃんは〝焔狐〟を信じてますか？」

「村長という立場で、村の伝承を信じていない――とは言えんよ」

そう答える村長だったが、それは信じていないと言ったも同然。

「…………」

由芽の方は無言。

ただ彼女は何かを訴えかけるように、俺のことをじっと見つめていた。

2

夕食後、離れに戻ると夕緋は当然のごとく俺の部屋についてきた。

「夕緋の部屋は隣だろ」

俺は溜息《ためいき》混じりにそう指摘する。

トランクもそちらに運び、荷物整理も手伝ったのだが。

「そっちは荷物置き場に使うよ。わたしはお兄様の助手だもん。傍《そば》で守らなきゃ意味ないでしょ?」

あくまで自分の役割だと主張する夕緋《ゆうひ》だが、その顔は露骨に緩んでいる。

「……嬉《うれ》しそうだな」

「気のせい気のせいー」

にこやかに答える夕緋。

「風呂《ふろ》まではついてこないでくれよ」

「えぇー」

「ええ、じゃない」

不満げな夕緋に呆《あき》れた眼差《まなざ》しを向ける。

「仕方ないなー。そこは譲歩してあげる。でも一緒のお布団で寝ることだけは譲れないよっ!」

「って譲歩した振りをして、ハードルの高い要求をするのはやめろ。この部屋で寝るのはいいとしても、布団は別々だ」

「えぇー……」

また不満の声を上げる夕緋だが、本当に悲しそうに瞳《ひとみ》が潤んでいる。

「……布団はくっつけてもいいから」

そう付け足すと、途端に彼女の表情が晴れる。

尻尾《しっぽ》があればぶんぶんと勢いよく振っていたところだろう。

コン。


その時、窓の方から音が聞こえた。

夕緋が素早く窓と俺の間に移動する。

「お兄様」

コン——とカーテンに覆われた窓の向こうから再び音が響く。

「わたしが見てくるよ」

身振りで俺は動かぬようにと伝え、彼女はそっと窓際に近づいてカーテンを開ける。

だが外はもう真っ暗なので、俺の位置からは何も見えない。

夕緋も同様だったらしく、彼女は慎重に留め具を外してから窓に手を掛けた。

窓が開かれると夜の空気が室内に流れ込む。

夕緋は窓から身を乗り出すようにして外を確認した後、ぴたりと動きを止めて振り返らないまま俺を手招きした。

「……？」

状況が分からぬまま窓に近づくと、暗闇《くらやみ》の中に人影があることに気付く。

あちらも窓の方に歩み寄って来たらしく、室内の明かりに照らされてその人物の顔が浮かび上がった。

「由芽《ゆめ》、か?」

俺は今日二度会った少女の名を呼ぶ。

「はい、こんばんは——葉介《ようすけ》さん」

頷《うなず》いて挨拶《あいさつ》をする由芽。

そこには夕食の場で見せたような硬い雰囲気はない。

「あれ? 今は普通に喋《しゃべ》ってくれるの?」

事情を知らない夕緋《ゆうひ》が不思議そうに首を傾《かし》げた。

「先ほどはすみません……伯父の前では春宮《はるみや》家の当主として振る舞うしかなく……でも今はお二人しかいませんから」

申し訳なさそうに由芽は謝る。

「へー、古い家はどこも大変なんだねー。ただそれよりさ、どうしてお兄様のことを名前で呼んでるの?」

そこが一番重要だという様子で夕緋は言う。

「村に着いてすぐ、少し話したんだ。それでお互い、後で家族とも会うことになるから——苗字《みょうじ》よりは名前の方がいいだろうって」

俺の返事に夕緋は腕を組む。

「ふーん、まあそういうことならいっか。それにしても何で窓から？」

夕緋の疑問に由芽は苦笑を返す。

「……玄関からだと母屋から見えてしまい、伯父や早瀬《はやせ》に気付かれます。私は春宮家の当主としてではなく、春宮由芽個人としてお二人に〝依頼〟がしたいのです」

その言葉に俺と夕緋は顔を見合わせた。

「依頼……か。申し訳ないけど、知っての通り今はまず焼死体の事件を解決しなくちゃいけないんだよ」

だから今、新たな依頼は受けられないと俺は答える。

というか探偵の真似事《まねごと》をするのは〝お役目〟の時だけであって、普通の依頼を受けつけているわけではないのだ。

「分かっています。でも私が調べて欲しいことは、今回の事件にも深く関わっている……はずなんです」

少し自信がなさそうではあったが、それは俺の興味を引く情報ではあった。

しばし考えてから、俺は彼女に答える。

「──そういうことなら、一先《ひとま》ず話だけは聞こう」

由芽は俺の言葉に表情を明るくした。

「ありがとうございます……！　では私が暮らしている奥屋敷に案内します。そこで見て欲しいものがあるんです」

「了解――俺たちも村長たちに気付かれないように窓から出るか」

俺がそう言うと夕緋《ゆうひ》が素早く玄関に向かい、二人分の靴を手に戻ってくる。

「お兄様、窓から抜け出すなんて何だかワクワクするねっ」

「浮かれて転ばないようにな」

そう注意しつつ靴を受け取る。

窓を全開にして窓枠に登って腰かけ、靴を履いてから地面に降りる。夕緋も後に続く。

部屋の電気はあえて点《つ》けっぱなしにしておいた。

「こちらへ」

由芽《ゆめ》は潜めた声で俺たちを誘う。

伯父たちに気付かれぬようにするためか、彼女は懐中電灯すら持っていない。

だが部屋の中からだと黒一色に見えた夜の世界は、目が慣れてくると星明かりが物の輪郭を浮かび上がらせる。

電気の光に溢《あふ》れる都会とは違い、ここでは空の方が明るい。

無数の星と三日月が天を藍色《あいいろ》に輝かせていた。

「――由芽は五年前にこの村へ来たって言ってたよな」

足元に気をつけながら俺は前を歩く由芽に問いかける。

「はい、五年前までは東京で両親と暮らしていました。でも事故で二人とも亡くなってしまい……お母さんの実家である春宮《はるみや》家に養子として引き取られたんです。ただお母さんは若い頃に家出していたこともあって——最初は肩身が狭かったですね」

苦笑を浮かべて語る由芽。

当時の苦労は俺にも共感できるものだった。俺も子供の頃に混河《まぜかわ》家に引き取られた立場だから。

——家出か。

「確か、十六年前と三年前に春宮家の人が失踪《しっそう》しているらしいね。もしかしてその十六年前の失踪者が……」

早瀬《はやせ》さんが同級生だったと言っていた由芽の母親——由科《ゆか》という女性なのではないだろうか。

彼女は頷《うなず》き、俺の予想を肯定する。

「お母さんです。それで三年前の方は……私のお婆様《ばあさま》。伯父は私がお婆様に厳しく躾《しつ》けられたと言っていましたけど、本当は違うんです。お婆様だけが私に優しくて——この家で生きて行くための方法を教えてくれました」

そう言いながら彼女が向かうのは、母屋の裏手にある林の中。

大きなクスノキの枝葉に月と星の明かりさえ遮られ、辺りは闇《やみ》に包まれる。

「ここ――夕方ごろに俺がうっかり踏み込んでしまった場所だな。番犬に咆《ほ》えられて、すぐに引き返したんだ」

実際は夕緋《ゆうひ》に助けてもらったのだが、妹が番犬に何かしたと捉《とら》えられかねないので伏せておく。

「ああ、そうだったんですね。タロウはお婆様《ばあさま》と私が認めた人以外、奥屋敷に近づくことを許しませんから」

申し訳なさそうに言う由芽《ゆめ》。

「タロウっていうのがあの犬の名前？」

「はい、お婆様が昔拾ってきた犬らしくて――もうかなりの老犬なんですけど、今でもしっかり奥屋敷の番をしてくれています」

そこで由芽は声のトーンを落として言う。

「いずれタロウが亡くなった時は、丁重に〝火送り〟をしてあげるつもりです。そうすればきっと、お婆様と同じところへ行けるから……」

「火送り？」

夕緋が後ろから疑問を口にする。

「この村では火葬のことを〝火送り〟って言うんですよ」

そう答える由芽だが、俺は別のことが気になっていた。

「由芽——今の言い方だと、まるでお婆さんがもう亡くなっている……みたいに聞こえる。あくまで失踪《しっそう》ってことじゃなかったのか？」

「……失踪ですよ。村の誰に聞いてもそう答えると思います」

それは由芽自身の意見を隠した返答。

もう少し詳しく聞きたいところだったが、そこで由芽は足を止めた。

「ここが奥屋敷です。私とお婆様が暮らしていたところ……今は私一人きりですが」

あまりに暗くて気付くのが遅れた。

風が吹いて頭上のクスノキが揺らめくと、木漏れ日のように降り注いだ月光が建物の輪郭を照らし出す。

家屋というよりは——まるで神社の社殿だ。

俺や夕緋が使っている離れとは比べものにならないぐらい大きく立派な建物。

かなり古くはあるが、文化財に指定されていてもおかしくない趣がある。

夕緋も興味深そうに建物を眺めていたが、玄関前にいる影に気付いて手を振る。

「あっ——お邪魔させてもらうねー」

ワンッ——。

今回は由芽が一緒だったためか、番犬は一声鳴いて屋敷の裏手へと去っていった。

「タロウのおかげでここには伯父や使用人も近づきません。まあ、掃除などを使用人に頼れないのは少し不便ではありますけどね」

そう言うと由芽《ゆめ》は玄関の扉を開けて先に中へ入る。

パチッとスイッチを押す音が響くと、明かりが玄関を照らした。

「疑問だったんだが——どうして村長じゃなくて、由芽が春宮《はるみや》家の当主になったんだ？」

靴を脱いでひんやりとした板間に上がった俺は由芽に問う。

「簡単です。お婆様《ばあさま》が私を次期当主に指名していたからですよ。お婆様はずっと前から春宮家を仕切っていて——私がここに来た頃から伯父は村長でしたが、お婆様には全く頭が上がらないみたいでした」

当時を思い出したのか、懐かしむように由芽は語った。

「お婆さん、怖い人だったのか？」

「表向きはそう見えていたかもしれません。でもこの奥屋敷で二人きりの時は、本当に優しくしてくれたんです」

孫娘には甘くなるのは不自然なことではない。

ただ村長は由芽が〝祖母に厳しく躾《しつ》けられていた〟と言っていた。表向きは厳格に振る舞っていたのなら、何か理由はあるのだろう。

由芽は軋《きし》む廊下を奥へ奥へと進んでいく。

「この村へ来たばかりの頃は、伯父家族にはぞんざいに扱われ——村の人たちからも陰口を囁《ささや》かれました。どうも村を飛び出した母の評判が、すこぶる悪かったらしく……友達はできませんでしたね」

　過去のことを淡々と語る由芽。

「お婆様はそんな私を突然この奥屋敷に招き、こう言いました。自分の後継者になれば、友人はできずとも少しは生きやすくなるだろうと」

　由芽はそこで小さく笑う。

「そして、お婆様の言った通りになったんです。外で厳しく躾けられている私を、伯父たちは憐《あわ》れみつつも次期当主として尊重するようになりました。村の人たちも手のひらを返したみたいに、私に気を遣うようになって――」

　廊下の突き当たりにある部屋の前で由芽は足を止めた。

「お婆様は高齢だったけどすごく元気で、本当は後継者なんて必要なかったんだと思うんです。だけどたぶん私の居場所を作るために、次期当主という席を作ってくれた。そんなお婆様が三年前――姿を消しました」

　そう言いながら由芽は扉を開ける。

　そこは学校の教室二つ分はありそうな広間。

　天井近くにある採光用の小窓から月明かりが射《さ》し込み、そこに並ぶ古い像や祭具らしきものを照らしていた。

壁際の棚には古そうな文献が並んでおり、入り切らなかったと思われる書物が紐《ひも》で束ねられた状態でいくつも置かれている。

「あの日……お婆様《ばあさま》がいないことに気付いた私は、普段は使っていないこの広間にも足を踏み入れて――」

由芽《ゆめ》は真《ま》っ直《す》ぐ部屋の奥に向かい、重そうな板戸に手を掛ける。

「いつもなら締め切られているはずなのに、何故《なぜ》かここの板戸だけ開いていたんです」

力を込めて由芽は板戸を開く。

この広間からはクスノキや林の木々が視界を遮らず、藍色《あいいろ》の夜空と山の輪郭が見渡せた。

「あの山は〝焔狐《ほむらぎつね》〟が棲《す》むとされている神域、伊地瑠《いちる》山。村の水源になっている尾乃川《おのかわ》の源流があり、春宮《はるみや》家が管理している場所。基本的に立ち入りは禁じられていて、火祭りの時にだけ贄《にえ》に見立てた藁《わら》人形を奉納しに行きます」

夜空を縁どる山影を見つめながら由芽は語る。

「でもあの年は水不足が深刻で――自衛隊が給水に来るような事態になって、それどころじゃないと火祭りは中止になったんです。なのに私は見ました。山に炎の明かりが揺れているのを」

そこで由芽はこちらを振り返った。

「行われないはずだった火祭りと、山に見えた灯――その日に姿を消したお婆様……私には無関係だとは思えません。いえ……私はずっと思っているんです。お婆様は密《ひそ》かに行われた

火祭りの生贄《いけにえ》にされたんじゃないかって――」

絞り出すように由芽《ゆめ》は自分の考えを述べた。

「生贄の風習は明治時代に終わったはずだが……何か証拠があるのか？」

俺の問いかけに彼女は首を横に振る。

「いいえ、何も。けれど伯父を含めた村の上役、老人たちは何かを隠しているように感じます。しかし〝個人のために動いてはならない〟という掟《おきて》は、私自身にも適用されていて――当主の権限で調査することもできず……だから探偵さんたちに頼みたいんです」

縋《すが》るように彼女は俺と夕緋《ゆうひ》を見つめた。

「どうか、お婆様《ばあさま》の行方を突き止めてください。この件はきっと、半野《はんの》院長の事件とも関係があるはずです」

「どういうことだ？」

「半野院長は、私と伯父を招いた夕食の場で冗談っぽく言ったんです。今続いている放火事件は〝焔狐《ほむらぎつね》〟の祟《たた》りではないか――治めるにはまた本物の生贄が必要なんじゃないか……と」

その時のことを思い出しているのか、由芽は眉《まゆ》を寄せながら言葉を続ける。

「伯父は無反応で流していました。ただ、半野院長の言った〝また〟というのが、明治以前ではなくもっと最近のことを指しているような気がして――」

そこで夕緋が口を開く。

「半野さんが、由芽ちゃんのお婆さんの失踪《しっそう》について何か摑《つか》んでたってこと？」

「はい──私はそう思っています。そしてそれをネタに村長の座を狙《ねら》っていたのかも……」

由芽の答えを聞いて、夕緋は息を吞《の》む。

「じゃあじゃあ脅されてた村長さんが一番怪しくない？　ね、お兄様？」

興奮している夕緋に、俺は溜息《ためいき》を返す。

「村長にはアリバイがある。たとえ睡眠薬を食事に混入できたとしても、足が悪い彼は一人で現場に戻れない。車も早瀬《はやせ》さんが隣町へ乗っていってしまっている」

「あ……そうだった」

しゅんと項垂《うなだ》れる夕緋。

「とにかく調べてみないことには始まらないな。由芽の言う通り、怪しいことは確かだし──並行して調査を進めよう」

俺がそう言うと由芽は安堵《あんど》の表情を浮かべる。

「ありがとうございます……！　どうか、よろしくお願いします」

深々と頭を下げる由芽を前に、俺は頭を搔《か》く。

「やれることはやるさ。でも真相が君の望むようなものであるとは限らない。何か予想もしていなかったような事実に直面するかもしれない。それは──覚悟しておいてくれ」

彼女の目を見て告げる。

「……はい、分かりました」

由芽《ゆめ》はごくりと唾《つば》を呑《の》み込んでから首を縦に振る。

そうして俺と夕緋《ゆうひ》は奥屋敷を後にした。

離れにいないことを気付かれると色々面倒なので、早く戻った方がいいだろう。

だが俺は玄関を出たところで少し立ち止まり、周囲を見回した。

「夕緋、辺りの様子は見えるか？」

本来なら暗闇《くらやみ》に覆われて見えるはずはない。けれど彼女は躊躇《ためら》いなく頷《うなず》く。

「うん、ばっちり」

「じゃあこの辺りに防犯カメラの類《たぐ》いがあるかどうかは分かるか？」

「来る時も注意してたけど、見える範囲にはなかったよ。でもそれがどうかしたの？　わたしたちと由芽ちゃんが会ってたのが、村長さんにバレてないか心配？」

夕緋に問い返されて、俺は小さく息を吐く。

「それもあるが——由芽がどの程度自由に動けるのか気になってな。もし誰にも気付かれず屋敷を出入りできるのなら……足の悪い村長ほどのアリバイはないことになる」

「え……まさか、由芽ちゃんを疑ってるわけ？」

夕緋は驚いた顔で言う。

「由芽は、半野《はんの》氏が三年前の火祭りをネタに村長の座を狙《ねら》っていたのかもしれないと言ってたが――仮にそれが事実なら、半野氏が〝火祭りを行った側〟だった可能性もある。その場合、由芽には彼に復讐《ふくしゅう》する動機が生まれるだろ？」

「で、でも……由芽ちゃんが犯人だったら、わたしたちに依頼なんてしなくない？」

当然の疑問をぶつけてくる夕緋。

「由芽の目的があくまで〝失踪《しっそう》した祖母を見つけること〟だったなら、事件が解決して自分が捕まったとしても本望なんじゃないかな」

「うぅー、そうなのかなぁ」

夕緋は由芽が犯人だとは思いたくないらしく、曖昧《あいまい》な表情で首を傾《かし》げる。

「――そんな顔をしなくていい。あくまで仮説の一つだよ。ただ、それが絶対に在り得ないと確定するまでは、その可能性を捨てないだけさ」

奏《かなで》さんは昔の俺には〝情〟がなかったと言っていたが、もしかすると今も大して変わってはいないのかもしれない。

俺にとって重要なのは謎《なぞ》を解くこと。生まれようとしている怪物を解体すること。まだ輪郭すら見えていない巨大な謎に迫る手がかりを得ること。

だが――。

「わたしは、由芽ちゃんが犯人じゃないといいなぁ……」

夜空を見上げて呟《つぶや》く夕緋。

「会ったばかりなのに、やけに由芽《ゆめ》のことを気に入ったみたいだな」

「まあねー。いきなりお兄様と仲良くなってたのはびっくりしたけど、何ていうか守ってあげたくなる感じの美少女だし。あと……」

そこで夕緋《ゆうひ》はぺろりと唇を舐《な》めた。

「綺麗《きれい》な女の子ってさ——何だか美味《おい》しそうに見えるんだよね」

「……食べるなよ？」

冗談だとは分かっていたが、背筋がわずかに冷えたのも確かだった。

「もちろん。〝御馳走《ごちそう》〟が傍《そば》にあるのに目移りなんてしないもん」

赤みを帯びた彼女の瞳《ひとみ》に見つめられ、俺は溜息《ためいき》を吐《つ》く。

「とにかく腹が減ってるんだな」

夕食は少し前に食べたばかりだが、彼女には足りないものがあったことは理解している。

「あはは……まあそうなんだけど——でも勘違いしないでね？　お兄様のこと〝そういう目〟だけで見てるわけじゃないんだから」

笑って同意しつつも、夕緋は少し不安げな眼差《まなざ》しを俺に向けた。

「——ああ、分かってる」

「ホント？　わたし、お兄様のこと……ホントのホントに大切なんだよ？」

俺が頷《うなず》いても心配だったのか、彼女はそっと俺の手を握ってくる。

「本当に……分かってるさ」

もう一度そう繰り返して手を握り返すと、ようやく夕緋は安心した表情を浮かべる。

やはり夕緋には笑っていて欲しい。

事件の結末がどうなるにせよ、彼女の顔が曇るところは見たくないと――そう思った。

3

翌日の朝食は、早瀬《はやせ》さんが離れに直接持って来てくれた。

村長とはもう少し話したかったのだが、母屋へ招いてもらえるのは夕食の時だけらしい。

「あと今日はこれから調査に向かわれると思うんで、これをどうぞっす」

そう言って早瀬さんが渡してくれたのは、昼食用のおにぎりと水筒。

それをありがたく受け取った俺たちは、朝食後すぐに春宮《はるみや》家の屋敷を出る。

空は晴れ渡り、まだ午前中だというのに強い日差しが降り注ぐ。

「あー、良い空気ー！　ラジオ体操がしたくなる朝だねー」

「いや、別にラジオ体操はしたくないが」

夕緋の言葉に同意はできず、俺は首を横に振った。

歩き出す前に振り返ると、相変わらず立派なクスノキが屋敷の向こうに聳《そび》え立っている。

――由芽《ゆめ》は今、中学校か。

早朝に車の音が聞こえたので、その時に早瀬《はやせ》さんが送って行ったのだろう。

テスト期間だと言っていたので昼には戻るはずだが、昨夜のように話せる機会はこの先あるかどうか分からない。

「それでお兄様、まずはどこに行くの？」

夕緋《ゆうひ》が俺の腕を引っ張って言う。

「回る場所は大体決めてある」

俺はスマホを取り出し、画像を表示させる。

昨夜のうちに俺は奏《かなで》さんに必要となる資料をいくつか要求していた。これはその一つ。

個人宅の名前も記された伊地瑠《いちる》村の詳細な地図だ。

そこに事件現場などがマーキングされている。

「一番重要なのが半野《はんの》氏の診療所と自宅。事件現場を直接確認しておきたいし、できれば半野氏の息子にも話を聞きたい。ただ――息子は今、登校中のはずだ。行くのは午後に回そうと思う」

地図で半野医院を見ながら俺は言う。

由芽の同級生なら、彼も今は隣町の中学でテスト中。由芽は車で送迎してもらっていると言っていたが、普通の生徒は午後のバスで村に帰ってくるだろう。

「午前中は放火事件の現場を見て回るつもりだが――その途中に、この火乃見《ひのみ》神社へ寄ってみよう」

　表示させた地図を夕緋に見せつつ言う。

「神社？　何で？」

　彼女の疑問に俺は答える。

「三年前、もしも極秘裏に火祭りが行われていたとしたら――神事である以上、この神社は関わっている可能性が高い」

「あ、しっかり由芽ちゃんの依頼もやってあげるんだね」

「――本当に今回の事件と関わりがあるかは分からないが、過去の出来事を把握しておいて損はないからな。それに神社の神主は半野氏の支援者で、彼と最後に通話した人物だ。話を聞いてみる価値はあるだろう」

　俺はそう答え、地図を頼りに歩き出した。

　夕緋も短い歩幅で俺についてくる。

　俺は空を見上げた。今日は雲一つない快晴。

　――平気な顔をしているが……。

「夕緋、本当は辛《つら》いだろ？　日傘を差した方がいい」

「あ、バレた？　あはは――良い天気なのに、やっぱり差さないとダメかぁ」

夕緋《ゆうひ》は残念そうに笑い、折り畳みタイプの日傘を鞄《かばん》から取り出して空に広げる。

「ふう……〝怪物〟なのも、こういう時は不便かも」

太陽の光を遮り、安堵《あんど》の息を吐く夕緋。

「これからはちゃんと辛《つら》かったら言うんだぞ」

「うーん、どうしよっかな。こんなことで弱音を吐いてたら、お兄様の助手は務まらないし……」

あくまで俺を守るのが自分の役割だという顔で夕緋が答える。

「じゃあ、言わなくてもいいから表情には出すように」

「……分かったよー。お兄様は優しいなぁ」

苦笑混じりに夕緋は頷《うなず》いた。

昨日とは違い、歩いていると畑仕事をしている村人をちらほらと見かける。

せっかくなので話を聞いてみたかったのだが、彼らは俺たちが近づく前にどこかへ行ってしまう。

「わたしたち避けられてる？」

「みたいだな」

夕緋の言葉に俺は頷く。

余所者《よそもの》だからか、それとも探偵が来たという話が広まっているのか——どちらにせよ、関わり合いになりたくないという雰囲気を感じる。

そうして誰にも話は聞けぬまま、昨日傍《そば》を通った煤《すす》けた木造の建物が見えてきた。

「ここが最初に燃やされた農具置き場か」

俺は地図画像に書きこまれた情報を見て言う。

見たところ周りに延焼しそうなものはない。

幅の広い農道に面し、奥には畑が広がっている。

「ずいぶん見通しがいい場所だね」

夕緋が辺りを見ながら呟《つぶや》く。

周りに建物が何もないので、遠くからでもこの場所は目視できるだろう。

「ああ、火の手が上がればすぐに近隣の人が気付く。建物が残っているのも、消火活動が早かった証拠だろう」

近づいてみるが、表面が焦げているだけのようにも見える。

ただ裏に回ると、そこの壁だけは損傷が激しかった。

「火元はこの辺り?」

夕緋の言葉に頷く。

「恐らくな。奏《かなで》さんは、可燃性の液体が撒《ま》かれたようだと言っていた」

ガソリンか灯油を撒いて着火したのだろう。ただ、激しく燃えた範囲が狭い。液体の量はあまり多くなかったはずだ。

——当初は大事にしたくなかったのか……それとも見咎《みとが》められないよう素早く運べる量にしたのか……。

考えるが、今のところは手がかりが少なくて考えが纏《まと》まらない。

「次に行こうか」

「おっけー」

俺の言葉に夕緋《ゆうひ》は軽く応じる。

そうして俺たちは放火された場所を巡っていった。

燃えた場所の共通点は、延焼の可能性が低く、周囲の見通しが良いこと。

やはり大きな被害が出ないようにしているのだろうか。

「ここで五件目か」

二階建ての大きくどっしりとした土蔵を眺め、俺は呟《つぶや》く。

木部が露出していないためか、焦げているのは漆喰《しっくい》の壁の一面だけ。可燃性の液体が撒《ま》かれたであろう部分しか燃えなかったようだ。

「言われないと燃えたって分からないレベルだね」

夕緋が焦げ跡を覗《のぞ》き込みながら言う。

「資料によると、ここは消防団が駆けつけた時にはもう鎮火していたらしい」

「そうなんだー。五件目にもなるのに、準備不足だったのかな、っていうかどのぐらいの間隔で放火事件は起きてたんだっけ？」

俺は夕緋の問いかけに、資料を確認してから答える。

「一度目と二度目の間隔は約一か月。次が半月後。そこからは一、二週間に一度のペースだな」

「それなら皆、すっごい警戒してたんじゃない？　それなのに怪しい人物とかも見つかってないんでしょ？　だとしたら……」

腕を組んで夕緋はしばらく唸《うな》っていたが、何かを思い付いた様子で俺に詰め寄ってくる。

「そうだ！　事前に仕掛けていたとか！」

「時限装置か……でも放火された建物は頻繁に使われていたものも多くて、何か仕掛けを施しても発見される可能性が高いな。それにそういったものがあれば、現場検証で痕跡《こんせき》が見つかっているだろう」

俺がそう答えると、夕緋は肩を落とす。

「いい推理だと思ったのにー……だけどさ、そうなると犯人は誰にも見つからないで現場に来て、火を点《つ》けてからまた誰にも見られず立ち去ったってことでしょ？　一回ならまだしも、それを何回も繰り返すのはハードル高くない？」

彼女の指摘は理に適《かな》ったものだった。

「ああ――目撃者が全くいないのは、少し不自然だな。なら、目撃者は〝いる〟のかもしれない」

「え？　どういうこと、お兄様？」

きょとんとする彼女に俺は言う。

「放火犯は目撃されても見逃されている……村人の多くに〝告発すると不都合が生じる〟事情がある――とか」

「うーん？　そんなことってある？」

「普通はないな。昨日、由芽《ゆめ》の話を聞いていなかったら、仮説の一つとして数えることはなかったかもしれない」

俺は苦笑を浮かべて答えた。

「由芽ちゃんの話……？」

「複数の村人が関わり、隠蔽《いんぺい》しているかもしれないことがあるだろ？」

「あ、三年前の火祭り――」

ハッとした表情を浮かべる夕緋《ゆうひ》。

「そうだ。もしも放火事件に三年前の火祭りと関連する〝何らかの要素〟があった場合――過去のことを掘り返されたくない関係者は口を噤《つぐ》む」

そこで俺は後ろを振り返った。

視線の先には小高い丘の上に続く石段と赤い鳥居。

今の仮説が当たっていた場合、あそこにはその〝関係者〟がいるはずだ。

「――ちょうど神社が近い。行ってみようか」

「うんっ……！」

夕緋は気合いの入った声で応じる。

土蔵のあった場所から徒歩で数分、石段を上った先に思ったよりも広い境内が現れる。

何らかの儀式を行う場所なのか、境内の真ん中には棒と注連縄《しめなわ》で区切られた空間があった。

奥には歴史を感じさせる本殿が見える。

「まずは手と口を清めるんだったよね」

夕緋が鳥居を潜《くぐ》った先にある手水舎《ちょうずや》へ向おうとするが、途中で足を止めた。

「あれ？　水止まってるんだ？」

手水舎には〝使用できません〟と張り紙がされている。

するとちょうどそこで社殿の脇《わき》から、袴《はかま》が水色の宮司服を着た年配の男性が姿を見せた。

彼は俺たちに気付くと動きを止める。

見慣れぬ人間に驚いたのかもしれないが、夕緋は明るい声で彼に声を掛ける。

「神主さーん！　手、洗ってないけど入っていいですかー？」

「あ、ああ……」

夕緋の勢いに圧《お》された様子で神主は頷《うなず》く。

こういう時、夕緋《ゆうひ》のコミュ力には助けられることが多い。

「ありがとうございまーす！　でもこれ、止まってて大丈夫？」

夕緋はトコトコと神主に近づき、手水舎《ちょうずや》を指差して言う。

「……湧《わ》き水を利用した、古いものですから。何年か前に一度止まったことがありまして……それからは雨が少ない日が続くと出が悪くなるんです」

神主はそう答える。

夕緋の後に続いて彼に歩み寄った俺は、思い付いたことを訊《たず》ねてみる。

「もしかしてそれは三年前の水不足の時ですか？」

「その通りですが……あの、あなた方はいったい――」

頷《うなず》きつつも訝《いぶか》しげに問いかけてくる神主。

「ああ、自己紹介が遅れてすみません。俺は混河葉介《まぜかわようすけ》――彼女は妹の夕緋。今、春宮《はるみや》さんの家にお世話になっていて、この村で起きている事件のことを調べてるんですよ」

俺が紹介すると夕緋は俺の隣でペコリと頭を下げる。

「――そうか、あなたたちが噂《うわさ》の探偵ですか」

神主は納得したように呟《つぶや》く。

この村へ来たのは昨日だというのに、もう噂が届いていたらしい。さすがは村社会。使用人の早瀬《はやせ》さん辺りが情報源だろうか。

「ええ、警察に協力している立場なので怪しくはないですよ」

神主の表情が硬く見えたので、俺はそう言っておく。

「はぁ……それで、どのようなご用件でしょうか？」

「いえ、少しお話を伺えればと思いまして――あ、でもまずはここの神様にご挨拶《あいさつ》をするのが先ですよね」

俺は夕緋を促し、本殿正面に設置された賽銭《さいせん》箱の前に立つ。

本殿の扉は開かれていて、社殿の中が少し覗《のぞ》ける形になっていた。

「っ……」

室内を見た俺はぎょっとする。

壁一面に様々な意匠の面が飾られていた。面の表面には何か文字が書かれているが、達筆過ぎて読み取るのは難しい。ただいくつか簡単な漢字はあり、それと文字数から恐らく名前のようだと推測できた。

中の様子に興味は惹《ひ》かれたが、まずは財布から小銭を取り出し、夕緋の分も合わせて投げ入れる。

あえて願い事はせず、二礼二拍一礼で参拝を終え、俺は神主の方を振り向いた。

「――お待たせしました。それにしても……社殿の中、凄《すご》い光景ですね」

「お面がいっぱいでびっくりしちゃいました！」

夕緋《ゆうひ》も驚きを堪《こら》えていたらしく、大きな声で感想を言う。

「はは……外から来られた方には少し不気味に思えましたかな？　ですがあれらは神事で用いられた大切なものなのですよ」

「神事――この村で行われている火祭りのことですよね。確か、生贄《いけにえ》に見立てた藁《わら》人形を燃やすんでしたっけ？」

「はい……お詳しいですね」

驚いた様子で神主は瞬《まばた》きをした。

「昨日、公民館に寄って展示を見てきたんです。昔は〝姥焼《うばや》き〟と言われていたそうですが――」

「…………どうしてそれを？　確かその辺りのことは、公民館の展示にはなかったはずですが」

眉《まゆ》を寄せる神主。

「公民館にいた方が親切に教えてくれましたよ」

「そうですか――人は知っていることを喋《しゃべ》りたがるものですからね」

困ったものだという様子の彼に、俺は聞き返す。

「村長が展示スペースを改装して、そうした記述がなくなったと聞きました」

「――〝姥焼き〟は少しばかりインパクトが強すぎますからね。村のイメージを悪くしないためにと、村議会で決まりました。あなたもあまり言いふらしたりしないでもらえると助かります」

「それはもちろんです。ただ今回の事件――火を用いているということで、テレビではこの村の伝承や祭りと関連付けていました。強引だとは思いますが、きちんと調べないと否定することもできません。なのでもう少し詳しく祭りについてお訊《たず》ねしてもいいでしょうか？」

俺は言葉を選びつつ、神主に情報提供を求めた。

「……私も早く事件は解決してほしいですよ。知りたいことがあるのならお答えします」

神主はそう言って頷《うなず》く。

こちらが既に〝姥焼き〟のことを知っていたのも大きかったのだろう。

「では、先ほどから気になっていたのですが……あの面はどのような形で神事に用いられるのでしょう？」

俺は本殿の中に見える面を指差した。

「展示を見たのなら、火祭りで藁人形を燃やすことは知っていますね？　燃やす前、藁人形には面をつけ、神輿《みこし》に乗せて村中を練り歩くんですよ。かつて生贄になった者たちがそうされていたように……」

神主は淡々とした口調で説明を続ける。

「仮面には生贄となる者の名前を記し、燃やす前に外して本殿に奉納しています。それがあの〝面〟です」

本殿の壁にずらりと飾られた面を彼は示した。

「全ての面に名前が書かれていますね。ということは藁《わら》人形にも名前をつけているんですか?」

俺の問いに神主は首を縦に振る。

「身代わりでも人として扱うのなら、名前は必要になります」

「確かにそうかもしれません。ちなみに――」

俺は彼の顔をじっと見つめながら本題を切り出す。

「三年前の火祭りでは、人形にどんな名前を付けたんでしょう?」

「――――」

一瞬、何を問われたのか分からないような顔をした後、神主はぎこちなく口を開く。

「三年前……ですか。実はその年は、火祭りが中止になったんですよ。けれど何故《なぜ》――」

あえて三年前のことについて訊《たず》ねたのか――そう聞きたそうに、神主は俺を見た。

「いえ、何となくです。ほら、さっき三年前は水不足だったという話をしたじゃないですか。それに――その年に春宮《はるみや》家の前当主が失踪《しっそう》したとも聞きました。せっかくなので色々あった年のことを聞きたいな、と」

「お祭りが中止になるなんて、そんなに大変だったんですか?」

俺の言葉に続けて夕緋《ゆうひ》が問いかける。

「ええ……かなりの大事でしたよ。村の存亡の危機だと言っていいほどの……」

神主は暗い表情で答えた。

「水不足がそこまで深刻だったと？」

「そう――尾乃川《おのかわ》が干上がり、村の水源にしていた地下水も涸《か》れ始めました。県に要請して給水車が来てくれましたが、快適な生活を送るには全く量が足りません。農作物も壊滅寸前で……」

話を聞いていた夕緋が納得した様子で頷《うなず》いた。

「そっかー……それなら、お祭りをしている余裕もないよね」

――確かに余裕はなかっただろうな。でも……。

「そんなに危機的状況だったのなら、むしろ神様にお願いしたくなるような気もするんですが」

むしろ祭りをやろうという機運は高まらなかったのかと疑問を抱く。

「はは……神主の私が言うのも何ですけど、今の方たちは現実的なんですよ」

神主は苦笑いを俺に返した。

「それに実際、祭りをせずとも数週間で水不足は解決しました」

「雨がたくさん降ったの？」

夕緋の問いに彼は首を横に振る。

「いえ――そういうわけではなく、自然と尾乃川と地下水の水量が回復したんです」

「つまり天候が原因ではなかったんですね……」

俺はそう呟《つぶや》き、手水舎《ちょうずや》の方を見る。

「今年も水不足の気配があるようですが――三年前と同じように自然に回復すると思いますか?」

「…………そう、ですね。あまり深刻には考えていませんよ」

含みのある俺の質問に神主は硬い声音で答えた。

三年前の祭りについて探りを入れるのはこれが限界だろう。

ただ彼にはまだ聞きたいことがある。

「まあ確かに、回復した前例があるなら大丈夫かもしれませんね。あと少し話は変わるんですが――」

俺はそう言いながら後ろを振り返る。

先ほど潜《くぐ》ってきた鳥居の先には、村の景色が広がっていた。

「この神社、とても見晴らしがいいですね」

「ええ……火乃見《ひのみ》神社からは、伊地瑠《いちる》村全体が見渡せますから」

突然の話題転換に戸惑いつつも彼は頷《うなず》く。

「放火事件があった時も、この神社からなら炎や煙がよく見えたんじゃないですか?」

「――それは、はい。というか、不審火の大半は私が最初に気付いて通報しています。夜明け前に境内を掃き清めるのが日課で、ちょうどその時間に煙が上がるんですよ」

神主の答えは俺の期待以上のものだった。

「ああ、そうだったんですか。では神社近くの土蔵に火が点《つ》けられたときも、やはり神主さんが通報を？」

だが俺の質問を受け、彼は言葉に詰まる。

「………いえ、実はその日に限って寝坊をしてしまいまして」

「寝坊？」

夕緋《ゆうひ》が意外そうな声を上げた。

「はい、お恥ずかしながら……」

苦笑いを浮かべる神主。

人間なのだからそういうこともあるだろう。

ただ、神社から最も近い現場で事件があった時にだけ寝坊をするというのは、少し言い訳臭く感じる。

もし土蔵での放火に気付いていたなら、そこから立ち去る者を目撃できたのかもしれないのに。

そうした疑念はあるが、根拠なく追及することはできない。

「では最後に、あと一つだけ。あなたは半野《はんの》氏の支持者で——最後に彼から連絡を受けた方なんですよね？」

俺の言葉を聞いた彼は、露骨に表情を強張《こわば》らせた。

「なっ……ちょっ、ちょっと声が大きいですよ……！」

彼は慌てた様子で周囲を見回し、誰もいないことを確認すると大きく息を吐く。

「そのことは彼の支持者だった方たち以外には、警察にしか話していないんです。どうかあまり口外されないようにお願いします」

その表情は必死そのもので俺は頷《うなず》く。

「分かりました。村でのお立場もありますからね」

俺が水を向けると、彼は渋い表情を浮かべた。

「はい、半野《はんの》さんが村長になっていれば状況も違ったでしょうが——下手をすれば村にいられなくなります。どうかご理解を」

「そんなリスクを負ってまで、何故《なぜ》彼の支持者になったんですか？」

俺は頷きつつも、遠慮なく質問をぶつける。

「それは……色々と事情があるんです。連続放火に何も有効な対策を打たなかったとか……他にも個人的な理由が……」

言葉を濁らせる神主。詳細を話すつもりはなさそうだ。

「最後に電話で話した時、半野氏はどんな様子でしたか？」

「ひどく眠そうでしたよ。一方的に用件だけ言って切られました」

話の内容は奏《かなで》さんから聞いている。会食が終わったこと、電話での打ち合わせは眠いから後日にすることを告げられたらしい。

「それは間違いなく、半野氏本人の声でしたか？　他に誰か一緒にいた様子は？」

「——酒焼けした彼の声は特徴的でして……間違えようがありませんよ。近くに誰かがいる様子もありませんでした」

彼は俺と目を合わせたまま頷いた。

ただ返答にはわずかな間があった気がする。

「分かりました——お話を聞かせていただき、ありがとうございます」

一通り聞きたいことは聞けたので、俺は礼を言って頭を下げた。

「神主さん、感謝です！」

夕緋《ゆうひ》も元気よく礼を言った。

「いえ、何か参考になれば幸いです」

神主は愛想笑いと社交辞令を返す。

踵《きびす》を返し、俺たちは長い石段を降りていく。

「——お兄様、何か分かった？」

「いや……ただ、放火犯が〝見逃がされていた〟疑いは強まった。ここまで現場を見てきたけれど、どこも周囲の見通しがいい。それなのに怪しい人物を見かけた者すらいないのは不自然だ。もし本当に神主や村人があえて口を噤《つぐ》んでいるのなら――」

「いるのなら？」

夕緋《ゆうひ》が期待の眼差《まなざ》しで俺を見る。

「犯人はかなり特徴的な格好をしていた可能性がある」

「え？　どうしてどうして？」

浮き立つ声で俺を急《せ》かす夕緋。

「村人が犯行現場の近くで怪しい人物を見かけたとして――遠目の場合も多々あるだろう。加えて夜明け前後なら、暗くて個人の識別は難しい。識別できなければ、村人はとりあえず〝不審者を見た〟という程度の通報はするはずだ」

「そっか……その通報もないってことは、遠くから見ても、暗くても――その人が〝通報しちゃマズい相手〟だって分かったんだね」

夕緋が納得した様子で呟《つぶや》く。

「仮説の上の仮説だが、まあそういうことだ」

俺は首を縦に振る。

「でも特徴的な格好って、どんなだろ？」

「そうだな――三年前の火祭りに関連しているのなら、祭りで使われるような何かを身につけていた……とか」

「例えば、あの〝面〟みたいな？」

夕緋は社殿の中に飾られていた生贄《いけにえ》の名を書いた面をまず思い付いたようだ。

「顔を隠す意味でも、面はつけていたかもしれない。ただ遠くから見た時、一目で分かるかと言えば無理がある。たとえば、もっと分かりやすい――祭りの衣装のようなものじゃないと」

「祭りの衣装……そう言えば、由芽《ゆめ》ちゃんが住んでる奥屋敷の部屋にお祭りで使いそうな道具とかたくさんあったね」

思い出したように言う夕緋。

確かに通された広間には、祭具らしきものがたくさん置かれていた。

「あの中に衣装があったかどうかは分からないな。でも由芽は〝手段〟を持っているのかもしれない」

「また由芽ちゃんのこと疑ってるの？」

夕緋は不満げだったが、俺は彼女の言葉を否定しない。

「放火事件に関しては、犯人の動機が一番の謎《なぞ》だが――由芽にはそれがある。祖母の行方を突き止めたいという、強い想いが」

「由芽ちゃんはお婆《ばあ》さんの行方を知りたいから、放火事件を起こして世間の注目を集めたってこと？」

「ああ――ただ、それにしては方法が遠回り過ぎる気もするけどな。実際、連続放火の段階では全国的なニュースにはならなかった。焼死体の事件が起きなければ、俺たちがこの村へ来ることもなかっただろう」

地上波のテレビで放送されたからこそ、火祭りや〝焔狐《ほむらぎつね》〟の話が多くの人々に認知されたのだ。

「連続放火にはもっとシンプルな目的がある気がしている。現時点では、推測することしかできないが」

口元に手を当て、考えを纏《まと》めながら言う。

「だけど思い付いたことはあるんだ？　お兄様はどう考えてるの？」

「――まだ話す段階じゃない。残りの現場を回って、可能な限り情報を集めよう」

「はーい」

夕緋《ゆうひ》は素直に頷《うなず》く。

そうして俺たちは途中でおにぎりを食べつつ、放火現場を全て回ったのだった。

4

「結構歩いたねー」

「そうだな」

伸びをしながら言う夕緋に俺は頷く。

俺たちはバス停のベンチに並んで腰かけ、午後のバスが到着するのを待っていた。

「お兄様、明日筋肉痛になるんじゃない？」

「なるかもな」

狭い村ではあるが、全ての放火現場を歩いて回るのは正直大変だった。

分かったのは、やはりどこも見通しが良く、無人で周りに大きな被害が出ない建物だったこと。

「あとでお互いにマッサージしない？」

「お互いにって……夕緋はこの程度じゃ筋肉が張りもしないだろう」

「う――この体、こういう場合もちょっと不便だなー」

ぷらぷらと足を揺らして言う夕緋。

そこに遠くから車のエンジン音が聞こえてきた。

しばらく待っているとバスが目の前にやってきて停車する。

降りてきたのは一人だけ。

「あ」

制服を着た少年は、俺の姿を見ると驚いた様子で声を上げた。

「昨日ぶりだね」

俺の方は予想の範疇《はんちゅう》だったので、普通に挨拶《あいさつ》をする。

昨日、公民館の展示スペースで話した少年だ。

バスの運転手は俺たちが乗車しないのを見ると、車を緩やかに発進させた。

「お兄様、知ってる子？」

横から夕緋《ゆうひ》が問いかけてくる。

「ああ、昨日ちょっと話したんだ。〝姥焼《うばや》き〟のことを教えてくれたのもこの子だよ」

俺はそう答えてから、少年に向き直る。

「バス通学は、君一人なのか？」

「え……あ、うん。この村から通ってる子……もう一人いるけど、車で送り迎えしてもらってるみたいだし」

戸惑いながらも答える少年。

もう一人というのは由芽《ゆめ》のことだろう。

――この村の中学生は二人だけだったのか。

由芽に確認しておけばよかった。それを知っていれば、昨日の時点で彼が何者なのかはすぐ分かったはずなのに。

由芽は言っていた。半野《はんの》氏の息子は自分の同級生で、父親に虐待されていたかもしれないと。

「君――半野氏の息子だったんだな」

「っ……」

少年はびくりと肩を震わせる。

「ああいや、何か君に悪意があってそう聞いたわけじゃない。実を言うと俺たちは、この村の事件を解決するために呼ばれた探偵――みたいなものなんだ」

俺は急いで自分たちの立場を述べる。

昨日、少年は自分が嫌われていると言っていた。それは恐らく半野氏の息子だという理由でだろう。

父親のことを話題にする人間を警戒するのは仕方がない。

「探偵……？」

先ほどの神主とは違い、少年は俺たちの噂《うわさ》を耳にしていなかったらしい。

「まあ警察に協力している専門家的な立ち位置だと思ってくれたらいい。名前は混河葉介《まぜかわようすけ》。どうぞよろしく」

「お兄様の妹で、助手の夕緋だよ！　よろしくね！」

俺に続いて夕緋も自己紹介をした。

「よ、よろしく……」

目を逸《そ》らして少年は答える。

「君の名前も聞いていいかな？」

俺は身を屈めて問いかけた。

「半野《はんの》……廻《めぐる》」

彼は小さな声で名乗る。

「廻くんか。今日もこの後、公民館に寄るつもりだった？」

彼は恐らく昨日もこのバスで村に戻ってきた後、公民館の展示スペースへ行き、そこのソファで居眠りをしていたのだろう。

「ううん……このまま家に帰るつもり。今日は……母さんが来てるから。引っ越しも、明日の午前だし」

廻くんは首を横に振る。

確か半野氏は七年前に離婚し、それから横暴になっていったという話だった。

「引っ越しって……もしかして母親のところへ？」

「そう。今日でテスト期間が終わって、後は終業式まで授業は何日もないから――なるべく早めにって」

首を縦に振る廻くんの表情は、少しだけ安堵《あんど》しているように見える。

母親との関係は悪くないようだ。彼にとってこの村は居心地が良くないだろうから、引っ越した方が幸せなのかもしれない。

「それなら忙しいよな。できれば医院や自宅を見せてもらいたかったんだが……」

「ごめん……自宅は引っ越しの準備中で……医院の方は機材とか薬がある関係で、もう業者の管理になってるから……」

　俺の要望には応えられないと彼は言う。

　ちょっと気まずい雰囲気になるが、そこに夕緋《ゆうひ》が明るい口調で割り込んでくる。

「ううん、無理を言おうとしてたのはこっちなんだもん。廻くんが謝ることじゃないよ！　あ、でもさ……もしよかったら――家に着くまでの間、ちょっとだけお話を聞かせてもらえると嬉《うれ》しいなーって」

　笑みを浮かべてお願いをする夕緋。

　廻くんはわずかに顔を赤くして視線を逸《そ》らす。

「……………それぐらいなら、いいけど」

　逡巡《しゅんじゅん》は感じられたが、彼は頷《うなず》く。

「わーっ！　ありがと！」

「助かるよ」

　夕緋と俺は礼を言い、彼の家路に同行する。

　七月の日差しは夕方になっても強いが、山が近いからか風は涼しい。

　水田からはカエルの合唱が響いていた。

「たぶんあまり話したいことじゃないだろうけど、お父さんのことを教えてほしいんだ」

「別に——大丈夫。いなくなった人に、気を遣う必要……ないし」

廻《めぐる》くんは俺に首を振ってみせる。

「なら、廻くんから見て……お父さんはどんな人だった？」

俺の質問に彼は皮肉げな笑みを浮かべた。

「最悪。なんて言うかもう、その一言」

「横暴だったって、話は聞いた」

「そんなレベルじゃない——どんな些細《ささい》なことでも、自分の意志が一番っていうか……目的のためなら本当に手段を選ばないし、良心の欠片《かけら》もないよ」

ここまでは気弱そうな喋《しゃべ》り方だったのに、父親のことになると語気が強くなる。

「目的、か。最近は村長選への出馬を考えていたらしいけど」

一番気になった部分を俺は掘り下げる。

「……みたいだね。色々な準備や根回しに必死だったよ。嫌われ者なのに、あの手この手で支持者を増やして……でも放火が続いていた時は、犯人じゃないかって噂《うわさ》を流されてさ。村議会の人たちが防犯カメラを確認させろって乗り込んできたこともあったな。父さん、嫌がらせを牽制《けんせい》するために、うちの防犯カメラは完璧《かんぺき》だって吹聴《ふいちょう》してたから……」

それを聞いた夕緋《ゆうひ》が口を開く。

「みんなに防犯カメラの映像を見せたの？」

「うん……僕はモニタールームに入れてもらえないから声だけ聞いてたけど……ホントに堂々と、勝ち誇った感じで映像を見せてたよ。どうだ、何も映ってないだろうって——村の人たちは悔しそうに帰ってった」

溜息《ためいき》を吐《つ》く廻くん。

「父さんには勝算があったんだと思う。何が何でも村長になるつもりだったんだよ。事件が起きた日なんて……今日は最後の詰めで、大事な客が来るからお前は帰ってくるなって——家から閉め出されたし」

彼は肩を竦《すく》める。

「隣町で深夜に補導されたらしいね」

「知ってたんだ——恥ずかしいな。この村じゃ夜に開いてる店なんてないし、隣町のカラオケ店ならって思ったんだけど……中学生だからって警察を呼ばれちゃってさ」

その時のことを思い出したのか、廻くんは大きく嘆息した。

「それで……帰ってきたら、事件が起きてたと？」

俺の言葉に彼は頷《うなず》く。

「ちなみに隣町へは午後のバスで？」

「そうだよ」

「補導されるまで隣町にいたと証明はできる？」

「それは……うーん、隣町の図書館でしばらく時間を潰《つぶ》して——十八時半の閉館前に本も借りたから……記録は残ってると思う。その後は二十時ぐらいにコンビニでサンドウィッチを買ったり——あ、レシート捨ててないから証拠になるかな？」

廻《めぐる》くんは首を傾《かし》げながら答えた。

図書館やコンビニならば防犯カメラもあっただろう。

「ああ、もちろんだ。それだけあれば十分なアリバイになる」

隣町とは二十キロ以上離れている。公共の移動手段はバスしかないため、十八時半に図書館を利用した記録があるなら、そこから補導された深夜まで隣町にいた証明になる。

睡眠薬を仕込んだかどうかは分からないが、少なくとも彼が眠っている半野《はんの》氏を家から連れ出すのは不可能だ。

「よかった……正直、僕に疑いの掛からないタイミングで死んでくれてよかったよ。死んでも迷惑を掛けられるなんて……御免だからさ」

冷たい声音で廻くんは言う。

「お父さんは君に暴力を振るっていたって話も耳にしたけど……本当？」

デリケートなことなので慎重に問いかける。

「本当。夜、酔った時に顔を合わせたらほぼ確実に殴られたよ。僕の顔……出て行った母さんに似ていてムカつくんだってさ」

自分の頬《ほお》に手を当てる廻くん。

夕緋《ゆうひ》はその状況を想像したのか、辛《つら》そうに顔を顰《しか》めた。

「それならさ、どうしてお父さんは廻くんの親権を手に入れたの？」

納得がいかないという様子で夕緋が問う。

「……母さんに負けたくなかったんだよ。きっと、少しでも母さんを苦しめたかっただけ。あいつはそういう奴《やつ》なんだ」

廻くんの声には憎しみが籠《こも》っている。

「児童相談所が動いたこともあったはずだ。その時に助けを求めなかったのか？」

由芽《ゆめ》が連絡したと言っていた。けれど、何も変わらなかったと――。

「あいつ、いつも言ってたから。もしも僕が逃げたら……どんなことをしても捜し出して、母さんと一緒に殺してやるって」

廻くんはぐっと拳《こぶし》を握りしめる。

「警察はそういう人をちゃんと保護してくれるよ？」

夕緋が躊躇《ためら》いがちに言う。

「……知ってる。でも、あいつなら僕たちをいつか絶対に見つけ出す……そう思った。だから――」

虐待などされていないと嘘《うそ》を吐《つ》いたのだろう。

思っていた以上に彼は過酷な状況にいたようだ。

彼の身になって考えると半野《はんの》氏に怒りを覚えるが、感情移入が推理を歪《ゆが》ませることも分かっている。

努めて冷静に。彼もまた疑うべき人物の一人。今の話は彼が父親を殺す動機を持っていた証拠でもある。

「ずっと耐えてきたんだな。なら、犯人のことは恨んではいない?」

むしろ犯人を捜している俺たちを快く思っていないのではないだろうか。

「ううん……少し、恨んでるよ」

けれど廻《めぐる》くんは否定の返事を口にした。

「あいつは僕がいずれ……いつか、自分の手で何とかしなきゃって思ってた。そうじゃないと負けっぱなしみたいでさ……だからゴールを取り上げられた気分。もちろん冤罪《えんざい》は勘弁だけど——覚悟を決めて……自分の手でやるのなら、逮捕されてもよかった」

本当に悔しそうな顔で廻くんは言う。

演技とは思えないが……。

「そうかな? どんな理由があっても、逮捕されるようなことなんてしない方がいいと思うけどなー」

彼を観察していた俺の隣で、夕緋《ゆうひ》が声を上げた。

「え……」

戸惑う廻くん。

「自分の手を汚しても損するだけだよ。犯罪者になっちゃうことと全然釣り合わないって」

空を見上げながら、夕緋《ゆうひ》は明るい口調で告げる。暗い方へ傾いていた廻くんの思考を断ち切るように――。

「でも……」

納得がいかないという様子の廻くんの背を、夕緋は叩《たた》く。

「復讐《ふくしゅう》ってさ、スカッてするんじゃないかと思うでしょ？　だけど実際やってみると、自分の中にあるプライドみたいな……何か大事なものが、ボキッて折れちゃう感じがして、やっぱりね……何かに負けた気分になるんだよ」

妙に実感の籠《こも》った言葉に、彼は困惑の表情を浮かべる。

「お姉さんは――復讐をしたことが？」

「さあ？　どうかなー、聞きたい？」

そう聞き返す夕緋の表情には、妙な凄《すご》みと癒《い》えぬ悲しみの色が滲《にじ》んでいた。

「いえ……すみません」

立ち入るべきではないと思ったのか、廻くんは申し訳なさそうに肩を縮める。

そこで行く手に診療所らしき白い建物が見えてきた。

「あれが半野《はんの》医院？」

俺の問いに廻くんは頷《うなず》く。

「うん……あの隣の家に住んでる」

半野氏の診療所と自宅は隣接しているという話だった。

診療所の隣に見える割りと新しめな住宅がそれだろう。

「もうすぐ着くな。その前に教えてほしい。廻くんのお父さんに、頻繁に会いに来ていた村の人はいたかな？　患者とかじゃなく私用で」

近づく診療所を見ながら質問する。

「最近だと……神社の神主さんが、何度もこっそり来てたかな」

ここで午前に会った神主のことが話題に上がった。

「あの人が――どうして？」

彼と半野氏の関係は既に知っていたが、あえてそう問いかける。

「神主さんのお母さん、認知症がかなり進んで介護がすごく大変だったらしくて、隣町で入居できる老人ホームを探してた。でも、どこも一杯で――父さんの伝手《つて》で枠を空けてもらったみたい」

廻くんは淡々と語るが、当人たちにとってはかなり切実な問題だっただろう。

「じゃあ、神主さんはお父さんの支持者だったんだね？」

「そこまでは分かんない……でも、父さんのお葬式ですごく真っ青な顔をしてたから、ショックだったんじゃないかな」

どこか気まずげに廻《めぐる》くんは視線を落とす。

「そうか――」

いまいち適切な言葉が見つからず、俺は前を向く。

半野《はんの》医院はもう目の前だった。

医院と住宅周辺は草刈りがされておらず深い藪《やぶ》になっている。そこに赤いコーンと黄色いテープで囲われた一角があった。

「もしかして……あそこが現場？」

夕緋《ゆうひ》が指差すと彼は頷《うなず》く。

「うん、あの場所は好きに見ていって。それじゃあ……僕はこれで」

「あ――最後にもう一つだけ」

俺は去ろうとする廻くんを呼び留めた。

「……？」

振り返った彼に俺は問う。

「公民館の展示スペース――火祭りで使う色々なものが置かれていたけど、衣装みたいなものは見当たらなかった。祭りでは特別なものを身につけたりはしないのか？」

「………ううん、あるよ。祭りで燃やす藁《わら》人形に羽織らせる着物……面には名前を書くけど、その名前からイメージするような色で着物を染めるんだ」

　わずかな間を置いて答える廻くん。

「じゃあ着物の色は毎年違うのか。展示スペースに着物がないのは、毎年燃やしてしまうから？」

「確かに燃やしちゃうものだけど……染める前の白い着物は、少し前まで展示されてたよ。でも………誰かに盗まれたらしくて、今はない」

　視線を伏せて彼は言う。

「そうか──分かった。教えてくれてありがとう」

「……うん」

　廻くんは何か言いたそうにしながらも、ただ小さく頷いた。

　そんな彼に夕緋が手を振る。

「明日引っ越すならもう会えないかもしれないね。じゃあ、バイバイ。次の町ではきっと楽しく暮らせるよ」

「…………だといいな」

　そう呟《つぶや》いた彼は一瞬迷うような表情を見せ、何かを決意した様子で鞄《かばん》を探り──こちらに手を差し出した。

彼の手のひらに載っていたのは、銀色の鍵《かぎ》。

「これ……あげる」

「何の鍵？」

夕緋《ゆうひ》が彼の手を覗《のぞ》き込んで首を傾《かし》げる。

「僕の家の、合鍵《あいかぎ》。明日……僕の荷物だけ運び出した後、残ったものは来週来る業者に処分してもらう予定で……それまでは、父さんのものや……防犯カメラとかも全部そのまま」

「わたしたちが調べてもいいってこと？」

夕陽の問いに彼は頷《うなず》く。

「うん――医院の方は無理だけど、家は僕の引っ越しが終わった後なら……今は母さんがいて、心配かけたくないし……あ、ただ父さんの部屋は警察が調べたままだから、ぐちゃぐちゃなんだけど……」

「いや、それでも十分ありがたいよ。すごく助かる」

俺はそう言って彼から鍵を受け取った。

「喜んでくれたなら……よかった。じゃあ、ばいばい」

廻《めぐる》くんは控えめに手を振ると、住宅の方へ歩いていった。

新たな日々へと向かう彼の背中を見送ってから、俺は鍵に目を向ける。

「警察が行ったのは、半野《はんの》氏が焼死体で発見された事件の捜査だ。その時は関係なさそうだと判断されたものが、何か重要な証拠になるかもしれない。改めて俺たちが半野邸を調べる価値はあるよ」

「できれば今すぐ調べたいぐらいだよね」

　夕緋の言葉に俺は頷く。

「まあな。だけど廻くんの話だけでも、かなりの収穫だった」

　俺は笑みを浮かべ、言葉を続ける。

「由芽《ゆめ》が言っていたように――三年前、彼女のお婆《ばあ》さんを生贄《いけにえ》にした火祭りが本当に行われたとしたら、全てが繋《つな》がる」

「え、そうなの？　お兄様、もう色々分かっちゃった？」

　夕緋が驚いた顔で問いかけてくる。

「分かったというよりは、より可能性の高い仮説を思い付いた感じかな。村の住民が三年前の火祭りに関して後ろ暗い想いを抱いているのなら――放火犯はその時に使われたのと同じ色の着物を羽織って、堂々と犯行を重ねたのかもしれない」

　俺は彼女に自分の考えを伝える。

「村の人たちは犯人を目撃していた――でも、昔のことを掘り返されたくないから通報しなかったってこと？」

「ああ、犯行時刻が最も人目につきにくい深夜じゃなく夜明け前後だったのは、目撃者にちゃんと〝着物の色〟を認識させる必要があったからだろう。つまり犯人は村人たちに対してこう伝えたかったんだ」

俺は一旦言葉を区切ってから、低い声音で言う。

「自分はお前たちが焼いた生贄《いけにえ》だ。何をしようと通報はできないだろう、と」

そこで俺は赤い三角コーンに囲われた焼死体発見現場に近づく。

半野《はんの》氏の医院や住宅を囲む塀の外。すぐ近くではあるが、半野邸の敷地内ではないようだ。恐らくは長く放置された空き地なのだろう。

雑草どころか細い木までが生い茂っている。

だが消火活動や捜査が行われたためか、現場周辺の草木だけはある程度刈り取られ、焼け焦げた跡のついた地面が見えていた。

ここで半野氏は焼死体となって発見された……。

事件から一か月経っても雑草に再度覆われていないのは、多量の燃料が撒《ま》かれた影響かもしれない。焦げ跡から見てもここで火を点《つ》けられたと見ていいだろう。

当時は生い茂った草木のせいで現場は視認できなかったはずだ。

――となると、煙が上がるまでは誰も半野氏の存在に気付かない。

いつ半野氏が家から運び出されたかは分からないが、燃やされる直前までここに放置されていた可能性もある。

「要するに嫌がらせ？　前は由芽《ゆめ》ちゃんが怪しいみたいに言ってたけど……」

そう言う夕緋《ゆうひ》に俺は首を横に振った。

「いや、由芽は三年前の火祭りが行われたかどうかも確証を持っていなかった。だから祖母が着ていたであろう〝着物の色〟も知らないはずだ」

「あ、そっか……でも、じゃあ誰が――」

「現時点で一番怪しいのは、ここで焼死体になって発見された半野氏だ」

焦げ跡を見ながら俺は告げる。

「え――」

驚く彼女に自分の考えを順に伝えていく。

「半野氏は村長選で勝利するため、何かしらのネタを持っていたはずだ。それが三年前の火祭りに関することだとして、そこに現村長が絡んでいれば――彼を追い落とすには十分なものとなる」

由芽の伯父である春宮秀樹《はるみやひでき》。

三年前の祭りがあったとすれば、彼が絡んでいる可能性は非常に高い。

「うーん、それは分かるけど……だとしても放火までする必要はあったのかな？」

夕緋は首を傾《かし》げて疑問を呟《つぶや》く。

「もしも三年前の火祭りで〝姥焼《うばや》き〟が行われていたとしたら――状況的に水不足の解消を

祈願するためだった可能性が高い。そんな迷信深い村人たちが、面で顔を隠し、由芽《ゆめ》のお婆《ばあ》さんと同じ色の衣装を着た人物を見たら……どう思う？」

「それは……幽霊が出たーみたいに思っちゃうかも。生贄《いけにえ》にしたことに罪悪感があるなら、復讐《ふくしゅう》しに来たんじゃないかってビビるよね」

「ああ——仮に人間かもしれないと思っても、三年前のことを掘り返されたくないから通報はできないし、不安だけが高まる。どうしてこんなことになっているのか——そうした焦りと不満は、祭りを主導した者へと向かうだろう。仮にそれが村長だったとすれば——」

俺がそう言うと夕緋《ゆうひ》はハッとした表情を浮かべた。

「村長さんを支持する人が減るし、責任を取れって言われるかも。確かにそれで村長選はかなり有利になるね」

「ああ。半野《はんの》氏は嫌われ者ではあったようだが、村唯一の医師という立ち場を用いて支持固めを進めていた。十分勝ち目のある状況に持ちこめていたのかもしれない」

「……ホントに手段を選ばないっていうか、性格が悪いやり方だねー」

呆《あき》れた顔で夕緋は言う。

「ああ、そして恐れ知らずのやり方でもある」

「つまり、追い詰められた村長さんに消されちゃったってこと？　でも選挙に負けそうってだけで殺人までするかな？」

「半野氏が放火犯だと、村長が疑っていたなら話は変わる。夕食の場でも三年前の火祭りについて知っていると匂《にお》わせていたそうだし、口封じが目的だったのかもしれない。ただ村長が犯人とするには、大きな問題があるが」

「あ——村長さんは足が悪かったよね」

「ああ、今の仮説だと村長には動機があっても半野氏の殺害は不可能だ。だけど、もし共犯がいたならその限りじゃない」

「共犯——怪しい人は多いけど……」

夕緋は難しい顔で腕を組む。

「ああ、候補はいても現時点では断定できない。ただ放火犯が半野氏であった可能性はとても高いと思っている。そして俺たちは彼がどうやって殺されたかという謎《なぞ》を解かないといけない」

「そっか……そこが一番の問題だったよね」

夕緋は思い出した様子で嘆息する。

「夕食後、睡眠薬で眠っていたはずの半野氏を、どのような手段で防犯カメラに映らず外へ運んだのか。明日、半野邸を調べれば何かが分かるだろう」

「じゃあ、今日はこれからどうするの？」

夕緋の問いを受け、俺はある方向に視線を向けた。

そこは小高い丘の上にある神社。午前中に神主から話を聞いた場所。

焼死体が発見された現場をじっくり観察したことで、事件当時の状況はリアルに想像できた。次は具体的な証拠を集める段階だ。

「――放火事件の仮説を裏付けるために、もう一度神社へ行ってみよう」

「え？　神社？」

「半野《はんの》氏が放火犯だとした場合、〝どうやって三年前の火祭りの詳細を知ったのか〟が問題になる。たとえ彼の支持者であっても、自身の罪でもある〝姥焼《うばや》き〟のことを軽率に話しはしないだろう。だが半野氏に何か弱みを握られていたり、どうしても便宜を図ってもらわなければならない理由があれば――」

夕緋《ゆうひ》がハッとした顔で俺の言葉を引き取る。

「神主さん！　最近半野院長によく会いに来てて、お母さんを老人ホームに入れるために口利きしてもらったんだよね？」

「そう、さらに神主は焼死体の事件でも名前が出てくる。彼から証言が得られれば、連続放火だけじゃなく――芋づる式に全ての事件を解決できるかもしれない」

俺は頷《うなず》き、焼死体の発見現場に背を向ける。

それこそ半野邸を調べるまでもなく、真相が明らかになる可能性もあった。

「そっか――まだ誰にも〝羽化〟の気配はないし……上手《うま》くいったら〝六課〟に後始末してもらう必要もなくなるね」

夕緋はそう言いながら住宅の方に手を振り、俺の後に続く。

廻《めぐる》くんが窓からこちらを見ていたのだろうか。常人である俺には判別できないので確かめようはないが……。

夕緋と並んで赤く染まり始めた空の下を行く。

ちょうど昨日、村を訪れたぐらいの時間。

今日も鳥の群れが、ねぐらへ向かって飛んでゆく。

本格的な夏が近づいているはずだが、今日の風は昨日よりも涼しく感じられた。

沈みゆく太陽の行く手――西の山際には分厚い雲が壁のように聳《そび》えている。

今夜から明日にかけて雨が降るのかもしれない。

夕緋の言う通り、上手く行けば〝羽化〟が起こる前に事件は解決する。

そうすれば雨が降る前に帰れるだろうかと考えながら足を動かした。

神社のある丘が近づいてきたところで、俺は石段の下に車が停まっていることに気付く。見覚えがある。

春宮《はるみや》家の駐車スペースに停まっていた黒い高級車だ。

傍《そば》には人影が立っており、さらに近づくとそれが早瀬《はやせ》さんだと分かった。

車に寄りかかり、暇そうに煙草《たばこ》を吸っている。

彼も俺たちに気付いたらしく、おやという顔でこちらを見た。

「探偵さんじゃないっすか。どうしたんすか、こんなところで?」

まだ少し距離は少しあったが、大きな声で彼が問いかけてくる。

「いえ、ちょっとここの神主さんに話が――早瀬《はやせ》さんこそ、何故《なぜ》?」

俺は彼に歩み寄りつつ、こちらも大きめの声で問い返した。

「それがっすね、ご当主が――」

ドンッ――!

けれど早瀬さんが答えようとしたところで、轟音《ごうおん》で大気が震える。

「なっ……!?」

「お兄様! あれ!」

夕緋《ゆうひ》が驚く俺の腕を引っ張り、丘の上を指差した。

石段の先に在る鳥居の向こう。

俺たちのいる場所からは角度的に社殿は見えないが、丘の上から真っ黒い煙が夕焼け空に立ち昇っていた。

風に乗って焦げ臭い匂《にお》いも漂ってくる。

「っ――」

俺は夕緋と共に走り出し、迷いなく急な石段を駆け上がる。

「ちょ、ちょっと探偵さん？」

早瀬さんも戸惑った様子で追いかけてきた。

「はっ、はっ――」

すぐに息が切れ、体力で大きく勝る夕緋が先に石段を上り切った。

少し遅れて俺も頂上の鳥居を潜《くぐ》り、神社の境内に辿《たど》り着く。

先行した夕緋は俺より一歩先で立ち止まっていた。

俺も足を止める。

正面から吹きつける熱を含んだ風。

「な――」

目の前の光景に息を呑《の》む。

数時間前に見た社殿が、赤い炎に包まれていた。

そしてその前で座り込んでいる一人の少女の姿。

「由芽《ゆめ》、ちゃん？」

夕緋が掠《かす》れた声で彼女の名を呼ぶ。

びくりと彼女の肩が揺れた。

セーラー服を着た少女――春宮《はるみや》由芽は、ぎこちなくこちらを振り返り――。

「あ、あの……中に……たぶん神主さんが……」

彼女の声は震えていた。

「っ——」

反射的に飛び出そうとした夕緋《ゆうひ》の腕を摑《つか》んで止める。

「お兄様……！」

目で訴える彼女に俺は首を横に振ってみせた。

社殿は火の回りが速く、外以上に内側が激しく燃えている。

大量の面が飾られていた社殿の中は、赤黒い炎と煙に満ちていた。

しかもこの刺激臭は……。

「社殿の正面扉が内側から吹き飛んでる。恐らくガソリンを中に撒《ま》いて着火したんだろう。爆発が起きたなら、中にいた人間はもう手遅れだ」

俺は境内に落ちている板戸を横目に見ながら言う。

「そんな……」

夕緋は悔しそうに社殿の中を見つめた。

「いったい——何が起きたんでしょう……」

立ち上がれずにいる由芽《ゆめ》が呟《つぶや》く。恐らく爆風で吹き飛ばされ、尻餅《しりもち》をついたのだろう。

だが俺は彼女が何かを両腕で抱えていることに気付く。

「由芽《ゆめ》、腕の中にあるものは？」

俺が問いかけると、彼女は我に返った様子で腕の中を見せてくれた。

「これが……お賽銭《さいせん》箱の上に置かれていたんです」

少し湾曲した楕円《だえん》形の物体――〝面〟だ。

面には墨で何かが書かれている。紋様のように見えるがこれは――。

「睦《むつ》、と書かれているのか？」

達筆だが一文字だけなので何とか読み取れた。

それを聞いた由芽は今気付いた様子で面をまじまじと眺める。

「睦は……お婆様《ばあさま》の名前です」

彼女は掠《かす》れた声でそう呟《つぶや》いた。

第三章 ◆ 羽化は焔《ほむら》のように

1

『――春宮由芽《はるみやゆめ》は隣町の警察署で事情聴取を受けてもらった後、家に帰したわ。もうすぐそっちに着く頃でしょう』

「そうですか……じゃあ、由芽は容疑者というわけではないんですね？」

その夜、俺は離れの部屋で奏《かなで》さんからの報告を受けていた。

外からは雨音。

かなり風も強いらしく、窓枠がガタガタと揺れている。

夕緋《ゆうひ》は並んで敷かれた布団の片方にパジャマ姿で寝転がり、視線をこちらに向けていた。

『ええ、今のところ捜査本部は自殺の線で捜査を進めようとしているわ』

「自殺……遺書があったということでしょうか？」

『そうよ。神社の敷地内にある住居に自筆の遺書が置かれていて、懺悔《ざんげ》の言葉が書き連ねてあったの。三年前――水不足の解消を祈願するために、自分が主導して祭りを行ったこと。それは村長にもバレないよう極秘裏に少人数で実行されたこと。春宮家の先代当主……〝春宮睦《むつ》〟が、その生贄《いけにえ》として身を捧げたこと――それについてずっと罪の意識があったことが記されていた。しかもね……』

「まだ何か？」

俺が促すと奏さんは言葉を続ける。

『半野《はんの》院長を殺したのも自分だと書いてあるのよ。彼に三年前のことを知られ、脅迫されたので殺害した――って。葉介《ようすけ》君、正直どう思う？』

意見を求められ、俺は少し考えてから問い返す。

「祭りを行った〝少人数〟の名前は？」

『書かれていなかったわ。春宮睦の捜索は今後行われるだろうけど、祭りに関与した人たちの特定は……現状だと自首でもしてくれない限りは難しそうね』

溜息《ためいき》を吐《つ》く奏さん。

「遺書の画像、もらえたりしますか？」

『ええ、送るわ』

すぐに奏さんからデータが送信されてきた。通話を繋《つな》いだまま俺はその画像を確認する。

「かなり達筆ですね。ただ、誤字も多いようですが……」

折り目のついた長方形の紙に筆で文章がびっしり書き連ねてあった。

『そうなの？　達筆過ぎて分からなかったわ。自殺するほど追い詰められていたなら、焦って誤字も増えるんじゃない？』

「……かもしれませんね。この筆跡は本人のものでしたか？」

『ええ、ほぼ間違いなく本人の筆跡だそうよ。ついでに言うと、由芽《ゆめ》さんが持っていた〝面〟の文字も彼の筆跡だった。三年前の祭りで使われたものの可能性が高いわね。今鑑識に調べてもらっているけど、もし春宮睦《はるみやむつ》のＤＮＡが検出されれば、遺書の内容を裏付ける証拠になるわ』

恐らく春宮睦の〝面〟は他のものと同様に神社で保管されていたのだろう。ならば神主が三年前の祭りを主導したのは本当なのかもしれない。

「半野《はんの》院長を殺した方法については？」

『そこについて詳しい言及はなかったわ。ただ、ここまで捜査に行き詰まっていた警察は、彼を犯人ということにして幕を引きたがっている。不満はあるけれど……別部署の私にはそこへ口を出す権限がないのよね』

「……状況的に警察が自殺の線を押すのは仕方ないのかもしれませんが、遺書の内容を鵜呑《うの》みにするのは危険でしょう。真犯人を庇《かば》い、自分が全ての罪を被ろうとしたようにも見えますし」

俺が意見を述べると、奏《かなで》さんは嘆息する。

『そうね――私も同意見。わざわざ由芽さんを呼び出して、目の前で自殺するっていうのも――何ていうか責任の取り方としてはおかしくない？　下手をしたら爆発に巻き込んでたかもしれないいんだし』

「はい、どこかズレている感じはします。由芽は呼び出されたと言ってましたけど、その辺りの詳しい状況を聞いてもいいですか？」

由芽は酷《ひど》くショックを受けた様子で、現場で聞くことはできなかったのだ。

『ええ——昨日の正午ごろ、春宮邸に神主から電話があり、春宮睦のことで話があるので由芽さんに神社へ来て欲しい——と早瀬《はやせ》さんが言伝《ことづて》を頼まれたそうよ。早瀬さんが車で学校へ彼女を迎えに行った際にそれを伝えると、由芽さんは神社へ向かうように頼んだみたい』

俺はそこで少し引っかかりを覚える。

「由芽は確か昨日までテスト期間中で、授業は午前までのはずですが？」

バス通学の廻《めぐる》くんは午後のバスで帰ってきていたが、車で送り迎えしてもらっている由芽ならもっと早く帰宅できるだろう。

『彼女、委員会に入っていて——その活動があるから迎えを夕方に遅らせてもらったんだって』

「そういうことでしたか。では由芽が神社に着いてからの行動は？」

『一人で話をするからと、由芽さんは早瀬さんを車に待たせて石段を上っていったわ。境内に着いて社殿に近づくと、賽銭《さいせん》箱の上に〝面〟が置かれていた……社殿正面の板戸は少しだけ開かれていて、中には神主の後ろ姿が見えたそうよ」

詳細に状況を語る奏さん。

『神主に声を掛けたけど反応がなくて、〝面〟に興味を引かれた彼女は近づいて手を伸ばそうとした……だけど足元が疎《おろそ》かになっていたのか、石畳の凹凸か何かに躓《つまず》いて賽銭《さいせん》箱に覆いかぶさるように倒れ込んだ――』

「……あの場所で躓いたんですか」

俺と夕緋《ゆうひ》もお参りをしたが、躓くほどの段差はなかった。何もないところでコケることもあるので、注意が逸《そ》れていればありえるかもしれないが――多少の違和感は残る。

『そう、それで〝面〟を抱きこむような姿勢になって、体を起こした次の瞬間――社殿の中から爆発が起こって後ろに吹き飛ばされたらしいわ』

そこからほどなく俺と夕緋、そしてその後に早瀬《はやせ》さんも現場へやってきた……。

「――状況は分かりました」

『何か納得いかないって感じの声ね。由芽《ゆめ》さんが嘘《うそ》を吐《つ》いていると思ってる？　早瀬さんは由芽さんが神社へ向かって間もなく――葉介《ようすけ》君たちがやってきたタイミングで爆発が起きたと証言しているから、特に矛盾はないわよ？』

「いえ……由芽の証言に偽りがあるとは思っていません。たとえ神主が春宮睦《はるみやむつ》の仇《かたき》だったとしても、由芽には彼を殺す時間も準備もなかった」

あの爆発を由芽が起こしたとすれば、燃料が詰まったポリタンクか何かを持って石段を上ったことになる。

学校帰りの由芽がそんなものを用意できるはずもないし、彼女が殺意を抱くとしても神主から話を聞くか遺書を読んだ後のはず。

『そうね。でも気になることはあるんでしょ？』

「それは――色々と。特に遺書の内容……三年前の祭りについては」

『ああ～……水不足を何とかするために、春宮由芽の祖母――春宮家の前当主を生贄《いけにえ》にしたってところは私も引っかかったわ。いや……いくら田舎の村だからってさ、この時代にそんなことを大真面目にやるかしら？』

そこは俺も気になる部分ではあるが……。

「高齢の方が多い村なので、その辺りは微妙なところですね。俺はそのこと以上に、村長が三年前の火祭りに関わっていないと神主が明言したことが不自然に思えます」

『村長を庇《かば》っているのかしらねー。半野《はんの》氏の殺害まで自供しているのが、余計にそう感じさせるわ』

「まだ彼の意図は分かりませんが――半野氏の殺害については、夕食に睡眠薬を混入する機会のなかった彼に、単独での犯行は不可能です」

『そこは確実に嘘なわけね』

――そう、三年前の火祭りについてはともかく、焼死体の事件については明確な矛盾があるのだ。

「あとは事件が起きたタイミングも気になります。俺と夕緋は今日の午前中に神社へ行き、彼と話をしました。その時の彼は——自殺するほど追い詰められているようには見えなかった」

話の所々でわずかな動揺を見せていたが、大きなボロを出したわけではない。

何かを隠そうとしていた人間が、直後に全ての罪を遺書に書き記すだろうか。

『本当に自殺なら、葉介《ようすけ》君たちが帰った後に何かがあった可能性が高いのね。それを突き止めてほしいところだけど……今はまず、幻想の核になっている焼死体事件の解決を急いでちょうだい。今回の件で、タイムリミットは早まったかもしれないから』

「どういうことですか?」

俺は眉《まゆ》を寄せて問い返す。

『SNS上で今回の事件がかなり注目されているの。例のオカルト番組が取り上げたばかりだったから、それと関連付けて好き勝手な推理を披露する連中が溢《あふ》れているわ。何よりも問題は、春宮由芽《はるみやゆめ》に注目が集まっていること』

「——どうして由芽が? 容疑者扱いもされていない未成年の由芽は、ニュースに名前が出ることもないでしょう?」

思いがけない展開に俺は驚く。

『名前は出ていないわ。でも村長の姪《めい》が、現場に居合わせたことがSNS上に書きこまれている。遡《さかのぼ》ると他にも放火や焼死体の件でも外部の人間が知らないような情報を匂《にお》わせて事情通を気取っているから、伊地瑠《いちる》村の住民であることは確実でしょう。恐らくは——』

「早瀬《はやせ》さんでしょうね」

俺は溜息《ためいき》と共に言う。

神社で事件を目撃したのは俺と夕緋《ゆうひ》、そして後から来た早瀬さん。

彼から広まった情報を他の誰かが漏らしたとも考えられるが、焼死体の件についても内情を知っているとなれば、運転手をしていた彼が最も疑わしい。

『そう思って、事件のことをネット上に書きこまないように釘《くぎ》を刺しておいたわ。かなり慌てていたから、しばらくは大人しくしてくれるはずよ。ただ彼が漏らした情報は、大勢の人間の想像力を掻《か》き立てている』

奏《かなで》さんの声が深刻さを増す。

『半野《はんの》氏が村長選へ出馬しようとしていたことも例のオカルト番組は報じていたから、〝村長の姪〟は焼死体事件とも関連があるんじゃないかとネット上で盛り上がっているわ。けれど半野氏の事件は防犯カメラが作り出した密室で捜査は行き詰まっていて、神主の件も自殺だと発表される。そうして比較的まともな〝推理〟は駆逐され――盛り上がるのはまた〝オカルト〟よ』

一旦息継ぎをしてから、奏さんは言葉を続けた。

『大体の人間はオカルトなんて本気で信じていない。ただ、題材として面白いから好き勝手に創作して盛り上がる。〝村長の姪〟なんていうのは格好の餌《えさ》よ。既に現時点でも彼女を〝主役〟

にしたオカルト説は多い』
苦々しく彼女は言う。
『〝村長の姪《めい》〟は〝焔狐《ほむらぎつね》〟に願い、村長に仇為《あだな》す者を排除している――もしくは〝村長の姪〟自身が〝焔狐〟で、超常的な力を用いて犯行を行っている――なんて〝物語〟がわりとウケているから、今後はそうしたオカルト説が主流になるでしょう。そうなれば〝主役〟として扱われている春宮由芽《はるみやゆめ》は――』

「……羽化」


俺がぽつりと呟《つぶや》くと、奏《かなで》さんから肯定の返事がくる。

『ええ、彼女が真犯人かどうかは関係ない。幻想は最も多くの人間が意識を向けた場所へ収束する。彼女の〝適性〟次第でもあるけれど、羽化の危険性は高まっているわ』

そう――真犯人が怪物へ羽化するとは限らないのだ。

前回のカマイタチ事件のように、容疑者が全くいない場合は真犯人だけが自分の犯行だと認識している。たった一人ではあるが、それが世界で〝最多〟となり、幻想の収束点として羽化へ至る。

その幻想と親和性のある〝怪物の血〟を引いているほど、羽化のスピードも速い。

広まっている噂《うわさ》とは程遠い怪物の末裔《まつえい》であっても、幻想の規模次第で羽化は起こり得る。

俺の幼馴染《おさななじみ》――結城朔《ゆうきさく》は、恐らく後者。

あんな〝訳の分からない怪物〟など、どこの伝承にも存在しないのだから。

「もしも過去――〝焔狐〟という怪物が存在していたのなら、この村の人間はその末裔かもしれません。その場合、羽化も急速に進みますね」

俺は由芽のことを思いながら言う。

春宮家は伊地瑠《いちる》村で最も由緒ある家だ。この村と縁のある怪物の血を引いていてもおかしくはない。

『そうね。それにこうした僻地《へきち》では、血が濃く残っている場合もあるわ。この村がそうかは分からないけど……ここは平均年齢だけじゃなくて〝平均寿命〟もかなり高いの。異様なほどに』

「異様？　もしそんなに寿命が突出して高いなら、話題になりそうな気もしますが……」

伊地瑠村という名は、今回の事件が起こるまで聞いたこともなかった。

『……それがね、戦時中――疎開してきた人との間でいざこざがあって、役所が燃えたらしいのよ。それで戸籍資料がなくなって――正確な年齢が証明できないから、いくら平均寿命が高くても公式の記録にはならないみたい』

――年齢。

そのワードが妙に引っかかった。

探していたパズルのピースが見つかったような感覚。

「由芽《ゆめ》の祖母について、可能な限りの情報を集めてもらえますか?」

『あら、何か解決の糸口が見つかったのかしら?』

「……まだ仮説止まりですが。あと由芽の母親——由科《ゆか》という女性についても、失踪《しっそう》当時の詳しい状況が知りたいです。他にもいくつか——」

『はいはい、何でも任せておいて』

話を最後まで聞かずに奏《かなで》さんは快諾する。

「では——」

俺はオーダーを彼女に伝えてから電話を切る。

通話中は意識の外にあった雨音が、急に大きくなった気がした。

「お兄様、由芽ちゃんが戻って来たみたいだよ」

布団に寝転んでいた夕緋《ゆうひ》が、真っ暗な窓の外に視線を向けて言う。

雨音でエンジン音は全く聞こえなかったのだが、夕緋の鋭敏な感覚はわずかな気配を捉《とら》えたのだろう。

「そうか……」

「様子を見に行く?」

夕緋の問いに俺は首を横に振った。

「いや、早瀬《はやせ》さんもいるだろうし今はやめておこう。明日、タイミングを見て奥屋敷に行けばいい」

「分かった――じゃあ、今日はもう寝よっか」

「ああ」

俺が頷《うなず》くと、夕緋は何かを期待するような眼差《まなざ》しで俺を見つめてくる。

「あの……お兄様、今夜も……いい？」

甘えた声でおねだりをしてくる夕緋。

彼女が常に俺の傍《そば》にいようとする理由の一つには、間違いなく〝これ〟がある。

「俺は風呂《ふろ》がまだだけど」

「いいよ、気にしない」

待ちきれないという様子の夕緋を見て俺は息を吐き、彼女の前に腰を下ろす。

「少しだけな。明日こそは真犯人を暴いて、この謎《なぞ》を解かないといけない」

俺はそう言いながらシャツのボタンを上から二つ外し、首元をはだけさせた。

「分かってる――ごめんね、お兄様」

夕緋はそう言いながらにじり寄ってくると、正面から俺の首に手を回す。

パジャマ姿の妹からは、ふわりとシャンプーの香りが漂ってきた。

彼女の指先が首筋を撫《な》でる。

優しく、感触を確かめるように、ゆっくりと――。

指での愛撫《あいぶ》を続けながら、彼女が体を寄せてくる。

柔らかで温かい肢体の重みが伝わり、首元に熱い吐息が触れた。

俺はその瞬間に備えて身構える。

「っ――」

首元に走る痛み。

夕緋《ゆうひ》の鋭い糸切り歯が、俺の皮膚に喰《く》い込んだ感触。

だがその痛みは瞬く間に引いて、背筋を震わせるような快感が広がる。

彼女の唾液《だえき》が麻酔のように痛みを麻痺《まひ》させているのだ。

そして夕緋は、その間に傷口から溢《あふ》れ出た血を啜《すす》る。

ごくん――と彼女の喉《のど》が艶《なま》めかしく動く。

「俺の方こそ、ごめんな」

俺は食事中の彼女の髪を優しく撫でた。

彼女をこんな〝怪物〟にしたのは、俺の責任。

かつて俺は夕緋を取り巻く幻想を解体したが、それは彼女が完全な怪物に変貌《へんぼう》した後のことだった。

謎《なぞ》が解かれたことで彼女は人の形を取り戻せたものの、その体を流れる怪物の血は覚醒《かくせい》した

まま。
これが羽化の代償。
もはや彼女は人として扱われない。人であった彼女は、既に死んでいる。
だから事件の解決は、できる限り急がなければならない。
「謝らなくていいよ。わたし、人間だった頃より幸せだし」
夕緋《ゆうひ》が俺の首元から口を離し、耳元で囁《ささや》く。
「だって――こんな美味《おい》しいモノ、知らなかったから」
そう言って彼女は、熱を帯びた息を漏らしながら俺の傷口に舌を這《は》わせる。
ぞくりと体が震える。
快感ではなく、畏《おそ》れによって。
いずれ俺はこの美しい怪物に喰《く》い尽くされてしまうかもしれない。
血を与える度に、俺はそんな予感を抱く。
もしそうなっても……文句はない。
ただ叶《かな》うならその前に、怪物に変じたままの幼馴染《おさななじみ》を救いたい。
だから俺は謎《なぞ》を解き続ける。
いつか、あの〝災厄〟に手が届くまで。

2

翌朝——離れに朝食を運んできた早瀬《はやせ》さんは、妙に大人しかった。

SNS上での発言について奏《かなで》さんに釘《くぎ》を刺されたことが、思った以上に効いているのかもしれない。

「昨日もバタバタしてたっすけど……今日は夕方からここの母屋で村会議が開かれるんすよ。だから食事は離れの方にお持ちしますね」

疲れた声音で彼は言い、忙しそうに母屋へ戻っていこうとする。

「あ、すみません。一つだけいいですか？」

「……何すか？」

時間がないのにと、不満げな顔をする早瀬さん。

「前に、由芽《ゆめ》さんの母親——由科《ゆか》さんと同級生だったと言ってましたよね？　由科さんは十六年前に家出したと聞いたんですが、その原因とかって知ってますか？」

奏さんにも調べてくれるよう頼んだが、ここに当時を知る人間がいるのなら直接訊《たず》ねておくべきだろう。

「………………男っすよ」

それを聞いて、横から夕緋が口を挟む。

「男？　どういうこと？」

興味深々な様子で問いかける夕緋《ゆうひ》。

「火祭りを見物に来た〝外〟のやつに唆《そそのか》されて、ついていっちまったんすよ」

苦々しい口調で早瀬《はやせ》さんは答える。

忙しくて苛々《いらいら》しているのもあるだろうが、それ以上に当時のことを思い出したくもない様子だった。

「もういいっすか？　会議の準備をしなくちゃなんないんで」

早瀬さんはそう言うと会話を打ち切り、離れから出て行った。

「あー……もうちょっと詳しく聞きたかったなぁ」

残念そうに夕緋が呟《つぶや》く。

会議の内容は恐らく昨日の事件についてだろう。

村の重鎮たちが何人集まるかは分からないが、全員分の食事を一人で用意するのだから休んでいる暇はないに違いない。

朝のニュースでは神主が自殺だったことが報じられていた。神主を全ての犯人として事件の幕引きを図ろうとしている捜査本部の方針には、やはり奏《かなで》さんでも口を挟めなかったようだ。

そして奏さんが危惧《きぐ》した通りにオカルト寄りの噂《うわさ》が増えつつある。

ザァァァァァァァァ――。

昨夜から降り続いている雨は、さらに勢いを増していた。

あまり遠出をしたい天気ではないが、今日最初に向かう場所はすぐ近く。

俺と夕緋は離れの玄関にあった傘を借り、雨に紛れて奥屋敷へと向かった。

雨のためか、それとも由芽《ゆめ》に認められたためか、番犬に阻《はば》まれることなく俺たちは奥屋敷の玄関前に辿《たど》り着く。

チャイムの類《たぐ》いはなかったので、軽く扉を手で叩《たた》いて来訪を告げる。

「由芽ー！　話がある！　開けてくれないか？」

雨音に負けぬよう大きな声を出す。

「由芽ちゃーん！」

続いて夕緋も声を上げた。

しばらくすると玄関扉の向こうに影が揺れる。

鍵《かぎ》が開く音がして、扉が動く。

「お二人とも……どうしたんですか？」

顔を出したのは寝間着姿の由芽。

少しぼうっとした様子なので、直前まで寝ていたのかもしれない。

「大事な話がある。君の――依頼についてだ」

俺がそう言うと彼女の表情が引き締まる。

「……分かりました。どうぞ」

そう言って彼女は俺たちを家の中に招き入れた。

玄関に入ると、土間の端に例の番犬が行儀よくお座りをしていることに気付く。

雨の日はここが定位置なのかもしれない。

「おじゃましまーす」

夕緋《ゆうひ》は番犬に手を振りつつ、靴を脱ぐ。

廊下に上がった俺は由芽《ゆめ》に言う。

「前に通してもらった部屋、もう一度見せてもらえるか？」

「はい」

彼女は頷《うなず》き、長い廊下を通って以前の広間に俺と夕緋を案内する。

「由芽ちゃん、大丈夫？　昨日はちゃんと寝れた？」

歩きながら夕緋が由芽を気遣う。

「……はい。眠れないかと思っていたんですが、事情聴取でかなり疲れていたみたいで……

今日は寝坊してしまいました」

苦笑混じりに言う彼女だが、声には元気がない。

祖母のことを知ったショックもあるだろうが、目の前で人が焼死した衝撃も凄《すさ》まじかったはずだ。

眠れたとしても夢見は酷《ひど》く悪いだろう。

俺はあえて何も言わず、彼女の華奢《きゃしゃ》な背中を見ながら足を動かした。

「休みの日ぐらいゆっくり寝てもいいんじゃない？　わたしなんてお昼過ぎに起きた後、夕方までスマホでゲームしてるだけの日もあるし。そうだ、由芽ちゃんは何かゲームとかやってる？」

夕緋が彼女を元気づけるように明るい声で問いかける。

「私は……スマホ、持っていないので。ここにはゲーム機やパソコンもありません。欲しいとは思うんですけど、当主という立場上〝個人的な要求〟がしづらくて……」

苦笑を浮かべて答える由芽。

「スマホも持てないなんて……やっぱり当主の生活って窮屈すぎるよ。由芽ちゃんはこのままでいいの？」

夕緋はそんな生活は想像もできないのか、真剣な表情で言う。

「いいというか……仕方のないことですから」

だが由芽は諦《あきら》めたような顔で首を横に振った。

そうして会話をしている間に――廊下の突き当たり、例の広間に辿《たど》り着く。

先日の晩は板戸が開けられて山が見えたが、雨のためか今日は全て締め切られている。

パチッと音が響くと、部屋の隅に設置されたライトが点灯した。

由芽《ゆめ》が入り口の近くにあったスイッチを押したようだ。

「ここにある祭具――もしかして、元は公民館の資料スペースにあったものか？」

俺が問いかけると彼女は頷《うなず》く。

「はい……一昨年《おととし》に展示スペースを改装したことがあって……その時に。置き場のなくなったものは廃棄するという話を聞いたので――それならと、私が引き取りました」

やはり――と俺は勘が当たっていたことを知る。

神事である火祭りの祭具が、神社でもない場所にこれだけ大量にあるのは不自然な気がしていたのだ。

「火祭りの資料は、お婆《ばあ》さんを探す手がかりになると考えたから？」

動機を訊《たず》ねると彼女はもう一度首を縦に振る。

「そうですね……特に〝姥焼《うばや》き〟に関する文献は残しておかなければと思ったんです」

「とてもいい判断だったと思うよ」

〝姥焼き〟のことを知らなければ、祖母の失踪《しっそう》と三年前の火祭りを結びつけることが難しくなってしまうだろう。

そういう意味では、廻《めぐる》くんから話を聞けたのは本当に運が良かった。

「由芽は、その――神主の遺書のことは……？」

これから話をする上で確認すべきことだったため、慎重に問いかける。

「………知ってます。私宛だったので、事情聴取の時に読ませてもらいました。やっぱり、私の考えていた通りでしたね。お婆様は三年前、火祭りの生贄《いけにえ》にされていた……」

重い声で由芽は言う。

覚悟はしていただろうが、ショックは隠せないようだ。

「遺書にはそう書かれていたみたいだな。自分が火を点《つ》けたと……祭りを執り行う立場なら、それは本当のことなのかもしれない。だが――」

俺が語調を強めると、彼女は目線を上げて俺と目を合わせた。

「君のお婆さんが消えた〝原因〟は、また別にあると思っている。そしてそれはこの村で起きている全ての事件にも繫《つな》がっているはずだ」

「え――」

息を呑《の》む由芽。

「それを突き止めるためにも、まずはここにある資料を調べさせてほしい」

「…………もちろん、構いませんが……」

戸惑いながらも彼女は了承の返事をくれる。

「じゃあ時間が掛かるかもしれないから、由芽は夕緋《ゆうひ》とどこかで待っていてくれるか？」

「いえ――私も、手伝います。ここにある資料は私が整頓《せいとん》したので、どの時代のものがどこにあるかは把握しています。ただ……古い文献だと読めない文字が多すぎて、詳しい内容までは……」

首を横に振り、俺に一歩詰め寄る由芽《ゆめ》。

「お兄様、わたしにも何かお仕事させてよ！」

夕緋《ゆうひ》もそう言って手を挙げる。

「――分かった。なら、二人には〝姥焼き《うばやき》〟と〝焔狐《ほむらぎつね》〟について記述がありそうな資料を、古い順に持ってきてほしい」

ここは彼女たちを頼ることにした。

そうして俺たちは協力して、広間にある資料を調べ始める。

由芽が言った通り、古い文献の記述はかなり読みづらい。しかしその辺りは俺の専門分野でもあるので、ある程度は解読することができた。

資料の記述を頼りに、俺はこの村の伝承を時系列順に組み立てていく。

最も古い資料に記されていたのは――。

「これは、ほむらさま……と読むか」

板間に座り込んで資料を読み込んでいた俺は、顔を上げる。

今は板戸に遮られているが、その向こうにあるのはこの村にとっての聖域――伊地瑠山《いちるやま》。

そこには〝ほむらさま〟という存在が山の主として君臨していたらしい。

古い、古い民話。

民俗学的にも興味深く、貴重な資料。時代の流れと共に消えてゆくお伽噺《とぎばなし》。

けれどその中に真実が紛れていることもある。

身内に怪物のいる俺はそれをよく知っていた。

〝ほむらさま〟は炎のように揺らめく赤い尾を持つ、狼《おおかみ》よりも大きな狐の姿をしていたという。

〝ほむらさま〟は村に災いをもたらすこともあれば、恵みを与えることもあり、村人はご機嫌を取るために捧げものをしていた。

ある時、酷《ひど》い干ばつで伊地瑠山から流れ出る尾乃川《おのかわ》さえ干上がった時、村人はついに人間を——若い娘を生贄《いけにえ》として捧げた。

だが〝ほむらさま〟はその娘を気に入り、喰《く》らうことなく己が妻として娶《めと》ったと記されている。

——この時点だと、生贄は老人じゃない。

全国的に同様の伝承は多々ある。いわば定番の異種婚姻譚《たん》。

〝ほむらさま〟と娘の間に生まれた子は、成長すると村に降り、良き長となって民を導いたらしい。

「〝ほむらさま〟直系の一族が、春宮《はるみや》家ってことかな」

伊地瑠山の所有権を持っていることからしても、その可能性が高い。

俺は横目で由芽《ゆめ》を見る。

恐らく彼女にも〝ほむらさま〟の血が流れている。

ゆえに今回の〝焔狐《ほむらぎつね》〟の噂《うわさ》とは、これ以上ないほど相性が良い。

熱心に資料を探している彼女の額から汗が伝い落ちる。

ここには冷房がないが、雨が降っているので汗を掻《か》くような気温ではない。

玄関に出てきた時からぼーっとして見えたが、もしかすると熱があるのかもしれなかった。

——発熱は羽化の初期症状の一つ。羽化が進行している恐れがある。

さらに急がなければと、俺は自分の周囲に集められた資料に目を通した。

あまりに量があるので、気になる単語や描写をまず探し、その前後を詳しく読むという形を取る。

「この記述は……」

——かばねのような生者が増え、糧は足らず……。

かばねとは屍《しかばね》のことだろう。

遡《さかのぼ》って読み進めると興味深いことが書かれていた。

〝ほむらさま〟の子の一族が村を統べてから長い時が過ぎた頃、村人の中に異常なほど長生きをする者が現れたらしい。

そうした人間は次第に増え、村の労働力と糧が足りなくなっていった。

——いのちはほむらさまの恵み……炎で送り、いのちをかえす。

その記述に目が留まる。

「村人たちは、異常な長寿を〝ほむらさま〟の加護だと考え……燃やすことで命を〝ほむらさま〟へ返そうとした……のか」

もちろんこれは建前かもしれない。

人間が死なないことで食い扶持《ぶち》が足らなくなった村には、何か人口を減らす理由が必要だったのだろう。

もうこの時代には〝ほむらさま〟が姿を現し、直接何かをしたという描写はない。

だからこれは村人たちが考えた〝それらしい理屈〟だと思われた。

「ここから〝姥焼《うばや》き〟は始まった——」

口減らしのためではあるが、同時に神のような存在へ命を還《かえ》す厳かな儀式でもある。

ゆえに〝祭り〟として執り行われるようになった。

最初にこの祭りのことを知った時に感じた〝ちぐはぐさ〟は、これでようやく解消された。

少なくとも祭りが始まった当初は、生贄《いけにえ》を捧げることで恵みを求めていなかった。

〝かばねのような生者〟になるほど長く生き過ぎた村人を、〝ほむらさま〟に〝連れて行ってもらう〟ことが目的だったのだ。

ただ、時代が進めば状況は変わる。

〝ほむらさま〟の血が代を重ねて薄まれば、異常に長寿の者は減っていったはずだ。近代の文明発展によって、食糧難も緩和されたと考えられる。

ゆえに明治以降、生贄《いけにえ》が捧げられることはなくなり、そこからは生贄の代わりである藁《わら》人形を燃やし、山に捧げ、豊穣《ほうじょう》を願う儀式となった。

――そう、必要がなくなったから〝姥焼《うばや》き〟は行われなくなったんだ。

だというのに何故《なぜ》、三年前――生贄を用いた火祭りが行われたのか。

既に真相の輪郭は見えている。

あともう少し情報が集まれば――。

その時、懐に入れていたスマホが振動した。

手にしていた資料を脇《わき》に置き、スマホを取り出すと画面には奏《かなで》さんからの着信を知らせる表示がある。

「もしもし」

電話に出ると、夕緋《ゆうひ》や由芽《ゆめ》も作業の手を止めてこちらを見た。

『葉介君《ようすけ》――なかなか面白いことが分かったわよ』

奏さんはそう言って俺が欲していた情報を伝えてくれる。

特に由芽の母である春宮由科《はるみやゆか》が失踪《しっそう》した時の状況は、なかなかに興味深いものだった。

そして――。

『最後に、春宮家の前当主のことだけど』

俺は奏さんが言葉を続ける前に、こう問いかける。

「春宮睦《むつ》はやはり由芽の祖母ではありませんでしたか？」


息を呑《の》む気配。

こちらを見ていた由芽が、驚きの表情を浮かべていた。

『ええ、彼女の正体は――』

奏さんは肯定の言葉を返し、事件の謎《なぞ》を埋める最後のピースを与えてくれた。

俺は通話を切った後、固唾《かたず》を呑んで見守っていた由芽と夕緋を順に見つめる。

「葉介さん……さっきの、どういうことですか？」

震える声で問いかけてくる由芽。

彼女には俺の声は聞こえていても、奏さんの返答までは届いていない。

「それは後で説明する。二人の協力もあって、事件の真相はほぼ分かった」

「ほ、本当に……!?」

身を乗り出す由芽に頷《うなず》き返す。

「ああ――けれど俺の推理を証明するためには、まだ足りないものがある。由芽にもやってもらいたいことがあるんだけど、いいかな?」

「もちろんです。何をすれば……?」

「銀行口座の確認」

俺の答えに彼女は戸惑いを浮かべた。

「えっと、あの……すみません。その辺りは伯父が管理をしていて……」

「分かってる。でも奏《かなで》さん——警察の手を借りて、本人が照会を求めれば銀行も対応してくれるはずだ。まずはここに電話してくれ」

そう言って俺はメモ帳を取り出し、奏さんの番号を書いて手渡す。

「……了解しました。やってみます」

「頼んだ。俺たちも必要なモノを見つけるために出かけてくるよ」

俺はそう言って、ポケットから鍵《かぎ》を取り出す。

それは昨日、廻《めぐる》くんから託されたもの。

防犯カメラの存在によって生まれた半野《はんの》邸の密室的状況。

その謎《なぞ》を暴かない限り、幻想を解くことは叶《かな》わない——。

3

奥屋敷での調査の後、離れで昼食を食べた俺と夕緋《ゆうひ》は、半野邸へと向かった。

相変わらず雨は降り続いていたが、少し勢いが弱まりつつある。

昨日あんなことがあったにもかかわらず、雨に包まれた村は異様なほど静かだった。

徒歩だと十五分ほどの距離だったが、傘を差して歩く俺たちは誰ともすれ違うことなく目的地に辿《たど》り着く。

「引っ越し――終わったみたいだね」

夕緋が半野邸を眺めながら言う。

二階にある部屋のカーテンは外され、空っぽになった部屋の中が見える。運び出すのは廻くんの荷物だけだという話だったので、あそこが彼の部屋だったのだろう。

一階の窓にはカーテンがあり、室内の様子は分からない。

表札は外され、郵便受けには投函《とうかん》禁止のシールが貼られていた。

「ああ、まずは中へ入る前に防犯カメラの位置を確認しよう」

奏さんから送られてきた資料で防犯カメラの配置は把握していたが、やはり実際に確かめておかねばなるまい。

「そうだね――まず正面の屋根上に一台あるよ」

夕緋が目立つ位置にあるカメラを指差す。

「資料によると、カメラは敷地の四隅に四台、家正面の玄関と駐車スペースを監視できる場所に一台、裏の勝手口前に一台——計六か所に設置されていて、住宅の周り三六〇度をカバーできている」

スマホで資料を確認しながら俺は言う。

カメラ位置を記した図も添付されており、カメラの視野が住宅の周囲をカバーしていることがよく分かった。

実際に住宅の周囲を確認してみても、資料との齟齬《そご》はない。

「これ、防犯カメラに映らないで出入りするのは無理だよ。カメラに細工をしてたとかなら別だろうけど……」

夕緋《ゆうひ》はお手上げだという様子で肩を竦《すく》めた。

「そんな痕跡《こんせき》があれば警察が気付いているさ。ただ——防犯カメラの配置が完璧《かんぺき》だと、困るのは半野《はんの》氏のはずなんだ」

「え——どうして？」

きょとんとする夕緋に俺は言う。

「放火犯が半野氏だったとすれば、犯行時刻に住宅を出入りしている姿が防犯カメラに記録されてしまう。彼は自分が通報されないという確信があったんだろうけど、もしもの時を考えないほど楽観的でもなかったはずだ」

「そっか……本当に通報されたら、ばっちり怪しい証拠が残ってるんだもんね」

夕緋の言葉に俺は頷《うなず》く。

「特に放火が続くほどに村人からの支持を失っていたであろう村長は、早くから半野氏を疑い、犯行の証拠を摑《つか》もうとしていた可能性が高い。たとえ半野氏に三年前の火祭りのことを知られていたとしても、彼が放火犯である証拠があれば、お互いに相手を告発できなくなるからな」

「そういえば村議会の人たちが防犯カメラを確認させろって乗り込んできたんだっけ？」

「ああ、廻《めぐる》くんはそう言ってたな。村議会のメンバーには当然村長もいたはずだ。でもカメラの映像に証拠は何も残っていなかった」

もし半野氏が確認を拒んだら、証拠がなくとも彼は半ば犯人扱いされていただろう。

村長はそれを狙《ねら》ったのだろうが、目論見《もくろみ》は外れてしまった。

「きっと半野氏は、そのような事態も考えて防犯カメラに死角を作っていた──その前提で考えれば、警察が見落としたものにも気付けるだろう」

玄関前に戻って来た俺は、口元に手を当てて思考を巡らせた。

現状での死角はない。

ならば〝今とは違う状況〟だったのはいつだ？

そう考えた時、俺の視線は自然と玄関横の駐車スペースに向いていた。

敷地が広いので、車が三台は停められるほどの広さがある。

「これ──もしかすると……」

ふと思い浮かんだことがあり、俺はスマホを取り出して捜査資料を確認した。

その中には事件当日の防犯カメラ映像もある。

村長たちが帰宅してから遺体発見時間までの映像を早送りで確認するが、やはり出入りしている人物はおらず死角はない。

だがそこから少し巻き戻してみた時――。

俺はハッとして屋根上の防犯カメラを見上げ、その画角を確かめる。

「犯行時刻に限らなければ、死角はある」

そう呟《つぶや》くと夕緋《ゆうひ》がこちらを見る。

「お兄様、何か気付いたの？」

「ああ――ここ、一番手前の駐車スペースに車を停めた場合、屋根上の防犯カメラから玄関が見えなくなる。夕食終わりに迎えに来た早瀬《はやせ》さんは、この死角が生まれる位置に車を停めていた」

俺がスマホで映像を見せると、夕緋は防犯カメラの位置も確認した上で頷《うなず》く。

「あ、うん！　確かに！　でも事件が起こったのは由芽《ゆめ》ちゃんたちが帰った後なんだよね？他の車がここに停まってたとか？」

俺はスマホに別の資料を表示させつつ答える。

「いや、駐車スペースはそれ以降空っぽだったよ。半野《はんの》氏も自家用車を持っているが、事件当日は医院側の広い駐車場に停めていた。犯行時刻には、やっぱり死角はない」

もしここに車があれば、警察も当然その死角を考慮に入れただろう。

「じゃあお兄様が探している死角はまた別のとこ？」

夕緋の問いに、俺は首を横に振る。

「……ここ以外に死角を作れる場所はない。放火を行う際、半野氏はこの場所に自分の車を停めて、防犯カメラに映らないように家を出入りしていたんだと思う。この死角には防犯カメラを確認した村議会の人々も気付いたはずだ」

状況次第で防犯カメラが完璧《かんぺき》ではないことに気付いていたのは、半野氏と村議会の人々だけ。

当然怪しむ者もいただろうが、証拠がなかったことに変わりはない。村議会も半野氏にそれ以上嫌疑をかけることはできなかったのだろう。

「そっか、確かに。その中の誰かが死角を利用して……って、犯行時刻に車はなかったんだった」

あはは、と恥ずかしそうに夕緋は頭を掻《か》く。

「その通りだが――犯行時刻については、半野氏が夕食後に支援者へ電話したことでそれ以降と定められた。この前提を崩せれば……」

防犯カメラの映像に残っていたのは、運転席側から乗り降りしていた早瀬さんの姿だけ。

村長や由芽が玄関から出入りする姿までは映っていない。

もしも村長たちが帰る時点で半野《はんの》氏が眠っていれば、カメラに映らずに彼を運び出すことが可能になる。

「仮に電話に関する証言に偽りがあれば、犯行時刻の範囲も変わるんだが……」

「だけど半野院長が電話した支援者って――神主さんのことでしょ。死んじゃったなら、もうどうにもできなくない？」

心配そうな夕緋《ゆうひ》に俺は笑みを向ける。

「いや、そうとは限らない。証拠はどこかに――」

俺はスマホを操作し、保存してあった画像を順に確認する。

「……やっぱりな。最初に見た時から、引っかかってたんだ」

全てが繋《つな》がっていく。

偽りは暴かれていく。

真実は手の届く場所にまで近づいていた。

「お兄様？」

俺の呟《つぶや》きに首を傾《かし》げる夕緋。

「ちょっと待ってくれ――」

この件について奏《かなで》さんにメッセージを送り、ついでに〝おつかい〟も頼む。

数秒で了承のスタンプが返ってきた。

「こっちはもう大丈夫だ。次は家の中を見ておこう」

そう言って俺は廻《めぐる》くんに託された鍵《かぎ》で玄関の扉を開けた。

引っ越し後とは思えないほど、家の中には物が残っている。

玄関には半野氏のものと思われる革靴が並んで置かれており、靴箱の上には高そうな壺《つぼ》が飾られていた。

「廻くんに許可は貰《もら》ってるけど、何だかドロボウの気分だねー。っていうか全部業者が処分しちゃうなんて、高そうなものもあるのに勿体《もったい》ないなぁ」

きょろきょろと家の中を眺めながら夕緋が言う。

「だからって持って帰ったりするなよ？」

「しないよー。わたしが盗むのは、お兄様のハートだけなんだから」

指でハートを作ってウインクする妹に溜息《ためいき》を返す。

「……冗談言ってないで行くぞ。まずは一階の様子を見てみよう」

「冗談じゃないのにー」

不満げな夕緋と共に、俺は靴を脱いで家に上がる。

「ねえねえ、何を見つけたらお兄様は褒めてくれる？」

夕緋が俺の服を引っ張って訊《たず》ねてきた。

「半野氏が放火事件の犯人だった証拠が見つかれば……そりゃあもちろん褒めるけれど」

「ホント!?　あ、でも証拠ってどんなの？」

それが分からなければ探しようがないと、夕緋《ゆうひ》は首を傾《かし》げた。

「彼が放火の際に身につけていたはずの、祭りの衣装と面だな。それがここにあれば、俺の推理が裏付けられる」

「でもさ、半野《はんの》院長は口封じのために殺されたのかもしれないんでしょ？　だとしたら三年前のお祭りと関係していそうなものは、処分されちゃってるんじゃない？」

夕緋の問いに、俺は首を横に振る。

「いや、半野氏が死んだ時点だと警察は三年前の祭りのことを認知していない。彼の口さえ塞《ふさ》いでしまえば、面と衣装が残っていようが春宮睦《はるみやむつ》の件まで掘り返される心配はなかったはずだ」

「そっか……それに半野院長も目立つ場所には置いてなかっただろうしね。家探しするにしてもどれだけ時間が掛かるか分かんないか」

広い家の中を見回して夕緋が呟《つぶや》く。

「ああ、だからまだ残っている可能性はある。祭りで使う着物は名前から連想する色で染めるらしいから……〝睦〟だと睦月《むつき》――一月、元旦で赤系統のイメージだな。違う色かもしれないが、それらしい着物があったら教えてくれ」

「りょーかい。お面は神社で由芽《ゆめ》ちゃんが持ってたけど……あれが半野院長の使ってたやつだったりしない？　神主さんは半野院長の支持者だったみたいだし」

「可能性はあるが、俺は違うものだと思っている。あの面に書かれていた文字は神主の直筆。三年前の祭りで使われた品だろう。それを半野氏が使っていたならば、神主は放火の共犯とさえ言える。なのに神主は当初、不審火を積極的に通報していた。もし半野氏が捕まったら、面の筆跡で自身の関与が疑われてしまうのに――だ」

俺は夕緋の疑問に答える。

「じゃあ神主さんは、半野院長が放火犯だって知らなかった？」

「ああ――恐らく神社近くの土蔵が放火された時、初めて彼を目撃したんだろう。それでその時は通報せず、寝坊したと嘘《うそ》を吐《つ》いた」

「放火は半野院長の独断だった可能性が高いんだね。支持者でもさすがに放火の手伝いまではしないかー」

夕緋は俺の意見に同意して頷《うなず》いた。

そうして俺たちは手分けして半野邸の捜索を行う。

一階はほぼ半野氏のスペースだったらしく、リビング、キッチン、書斎、寝室――全て家具が残っていた。

警察が調べたままになっているようで、リビングとキッチン以外はかなり散らかっている。

そして最後に開けた扉の先は、防犯カメラの映像を映すモニタールームになっていた。

今は鍵《かぎ》が開いているが、この部屋だけは施錠できる構造だ。普段は鍵が掛けられていたなら、たとえ息子の廻《めぐる》くんでもモニターの映像を確認するのは難しい。廻くんも、自分はモニタールームに入れてもらえないと言っていた。それはすなわち彼が防犯カメラの死角を把握していた可能性が低いということでもある。

記録媒体の入った棚は全部開けられており、中は空っぽになっている。警察が検証のために持っていったのだろう。

木を隠すなら森の中だと思い、俺は寝室のクローゼットやタンスを重点的に調べた。半野《はんの》氏は和服も着ることがあったらしく、袴《はかま》や甚平《じんべえ》が見つかったが——そこに祭りの衣装らしきものはない。

「お兄様、こっちは外れー」

書斎を調べていた夕緋《ゆうひ》の声が聞こえてきた。

「こっちもだ」

俺はそう返事をし、夕緋とリビングで合流する。

「これで一階の部屋はざっと見たね。次は二階に行く？」

「ああ」

俺は頷《うなず》いて廊下に出る。夕緋も後ろからついてきた。

階段を上って二階につくと、廊下の突き当たりにある部屋の扉だけが開きっぱなしになっているのが目に映る。

「あの部屋……位置的に、昨日廻くんがいたとこかも」

夕緋が呟《つぶや》く。

そういえば彼女は昨日、半野邸から離れる前に手を振っていた。

「もし廻くんの部屋なら、荷物は運び出されているだろうが……」

半野氏の物を探しているのだから、廻くんの部屋を検《あらた》める必要性は薄い。

だが俺はある予感を覚えて、開かれた扉に真《ま》っ直《す》ぐ向かった。

俺に合鍵《あいかぎ》を託してくれた廻くん。

そこに何か——親切心以外の動機があったなら、彼の部屋にこそ——その答えがあるはずだ。

部屋に入る。

やはりここは廻くんの部屋だったのだろう。

他の部屋とは違ってそこは家具が全て運び出され、がらんとしていた。

だが部屋の真ん中に、ぽつんと何かが置かれている。

俺と夕緋はそこに近づく。

それは白いビニールに包まれた何かとその上に置かれた封筒。

封筒には〝探偵さんへ〟と書かれていた。

「廻くんから、お兄様への手紙？」

夕緋が首を傾《かし》げる。

俺は封筒を手に取った。中には数枚の便箋《びんせん》。

「――――」

俺はそこに記された文字を読む。

『昨日、話せなかったことがあったから手紙に書きます。放火事件についてです』

手紙はそう始まっている。

『父さんが明け方に家を出た日は、いつも不審火が起こっていました。きっと放火犯は父さんです。でも、村議会の人たちが来た時に分かったけれど、証拠はありません。後をつけてみようかとも思いました。父さんの犯罪を暴けば、きっとこの生活から解放されるはずだから。でも……バレたら殴られるどころか殺されると思ってできませんでした』

それは廻《めぐる》くんの告白だった。

『ただ父さんは帰ってきた後、いつも寝室で何かガサゴソやっている音が聞こえてきて、そこに何かあるんじゃないかと考えていました。そして父さんが死んだ前の日に、押し入れから入れる天井裏で僕はコレを見つけました』

恐らくコレというのは、ビニールに包まれて置かれている何かだろう。

『会食があるからと家から閉め出された日、僕はコレを持って警察に行くつもりでした。でもコレがちゃんと証拠になるのか分からなくて……村の派出所じゃ話を聞いてもらえない気がして、隣町へ行くことにしました。でもやっぱり失敗した時のことで頭が一杯になって警察署に行けず、深夜に補導された時がチャンスだったのに、父さんに連絡すると言われて切り出せなくなりました』

　文章からも、とても迷っていたことが伝わってくる。

『だけど翌朝まで父さんとは連絡がつかなくて、その後に事件のことを知りました。父さんが死んだのなら、もう放火のことなんてどうでもいいと思いました。今更父さんが放火犯だって暴いても、僕が犯罪者の息子になるだけ。死んでも迷惑を掛けられたくない』

　それは彼の本音。

　犯罪の告発より自身の幸せを優先した彼を責めることはできないが——。

『でも探偵さんたちと話して、次の町では楽しく暮らせるよって言ってもらえて……やっぱりコレを抱えて母さんのところへ行きたくないって気持ちになりました。だからコレはここに残していきます。それでは、さようなら』

　最後の便箋には、そう記されていた。

「廻くん……」

　横から手紙を覗《のぞ》き込んでいた夕緋《ゆうひ》が、切なげに呟《つぶや》く。

「夕緋の一言が、廻くんの心を動かしたんだな」

　俺は彼女の頭にポンと手を置いた。

「えへへ……」

少し照れた様子で夕緋《ゆうひ》は頰《ほお》を掻《か》いた。

「もっと褒めてほしいけど、今はコレの中身を確かめなきゃね」

「ああ――」

俺は頷《うなず》き、ビニールの中身を検《あらた》める。

「わ」

夕緋が息を呑《の》む。

出てきたのは鮮やかな赤色の着物と――漢字一文字が記された面。

睦《むつ》――。

つい最近目にしたものと似ているが、文字の筆跡はかなり異なる。

この衣装と面こそ、俺たちが探していたものだった。

4

春宮《はるみや》家の母屋。

渡り廊下を通って建物に近づくと、複数人の声が聞こえてきた。

時刻は十六時過ぎ。

俺たちが初日に招かれた広間で会議が行われているようだった。

雨脚はもうかなり弱まっており、空を見上げればわずかに雲の切れ間が見える。

雲の狭間から射《さ》し込む午後の日差しが、濡《ぬ》れ滴る木々や建物をキラキラと幻想的に照らしていた。

「廻《めぐる》くんの引っ越し、無事に終わってたよ」

渡り廊下を共に歩く由芽《ゆめ》に、夕緋はそう報告する。

半野《はんの》邸から帰宅後、俺はすぐにまた奥屋敷へ行き——由芽に同行を求めた。

これから皆の前で真相を解き明かすと言って。

「——そうですか。私は結局何もできなかったけれど……彼がこんな場所から抜け出すことができて、よかったと思います」

当主の威厳を感じる着物姿に着替えた由芽は、しみじみと心の内を口にする。

廻くんの同級生であった由芽は、ずっと彼の置かれた境遇に同情していた。自らの立場とも重なる部分があったのかもしれない。

「由芽ちゃんも、ここから出たい?」

夕緋の問いに由芽は苦笑を浮かべる。

「……出られるものなら。だけど今の私には柵《しがらみ》が多すぎます」

諦《あきら》めを含んだ声で彼女は答えた。

「柵のいくつかは、これからなくなる。その後でどうするかは——由芽次第だと思うよ」

俺がそう言うと、由芽《ゆめ》はわずかに表情を緩める。

「ありがとうございます……はい、きっとそうなんでしょう」

彼女は自分に言い聞かせるように呟《つぶや》くと、前に向き直った。

「では、やるべきことをやります」

こちらに背を向けたまま、彼女は決意を込めた声で言う。

「頼んだ。俺や夕緋《ゆうひ》だけじゃ、黙って話を聞いてもらえないかもしれないからな」

俺が頷《うなず》くと、彼女は歩き出す。

渡り廊下から母屋へ入り、真《ま》っ直《す》ぐ広間に向かう。

話し声が聞こえてくる襖《ふすま》の前に立った彼女は、一度深呼吸してから襖を開け放った。

バンッと大きな音が響き、ざわめきが止む。

広間には村長をはじめとして十人ほどの村人が集まっていた。

見たところ村人は皆七、八十代以上。村長が一番若くみえるほど、高齢者が多い。

ちょうどお茶を持ってきたところだったのか、早瀬《はやせ》さんもお盆を手に立っている。

その全員がいきなり広間に入ってきた由芽を驚いた表情で見つめていた。

「会議の途中、失礼しますね」

由芽はそう言い、堂々と広間の中に歩を進めた。

彼女に続いて俺と夕緋が敷居をまたぐと、村長が戸惑った様子で問いかけてくる。

「由芽に――探偵さん方、これはいったい……？」

その問いには、俺ではなく由芽が答える。

「この村で起きた事件の真相を、これから探偵さんがお話ししてくれるそうです。私も――春宮《はるみや》家当主として一緒に聞かせていただきます。よろしいですね」

そう重々しく告げると、老人たちが居住まいを正して由芽に「もちろんです」と頷いた。

春宮家の当主はやはり特別視される存在のようだ。ただ由芽自身は当主の仕事は伯父に委《ゆだ》ねているので、何かをしたわけではない。

恐らく神のように崇《あが》められていたのは、先代当主である春宮睦《むつ》なのだろう。

厳かな雰囲気が広間を支配する。

「っ……」

村長もその空気の中ではこれ以上発言できないようだ。

「あのー……じゃあオレはお邪魔になるんで……」

そう言って早瀬さんはそっと退出しようとする。

「いえ、早瀬さんもいてください。この村にとって大事な話でもありますから」

俺はそう言って彼を引き留め、皆の前に歩み出た。

そして告げる。

「順番にお話ししましょう。まずは連続放火について――といきたいところですが、今回の事件を説明するには三年前の火祭りに触れねばなりません」

俺の言葉に広間に集まった村人たちの表情が硬くなる。

大きな反応は見せなかったが、疑問の声を漏らさなかった時点で〝知っている〟ことが察せられた。

「昨日、自殺したと報道された火乃見《ひのみ》神社の神主ですが……彼は遺書を書いていました。そこには三年前――水不足に陥っていた村を救うために、春宮睦《はるみやむつ》を生贄《いけにえ》とした祭りをごく少人数で行ったことが記されていたんです」

村長や村人たちはじっと話を聞いている。

俺が〝どこまで〟摑《つか》んでいるのか計りかねているのだろう。

「事実、春宮睦は三年前に失踪《しっそう》しています。そして神社には彼女の名が書かれた〝面〟が遺《のこ》されていました。彼女を生贄に捧げた祭りが行われたのは、本当のことだと思います。しかし他の記述には矛盾がある――」

俺は村長と目を合わせ、話を続けた。

「村長さん――確か春宮家の当主には〝村の総意に従う〟務めがあるんでしたよね？　ごく少数のみで行われた祭りで生贄になることを、春宮睦が承諾するとは思えません。祭りは恐らく村の大多数の承認の下で行われた……」

　再び村人たちがざわめく。

「お静かに」

　けれど由芽《ゆめ》が抑えた声で告げると、再び広間は静まり返った。

「そう――村長やあなた方が、春宮睦に奇跡を求めたんです。まずはこの推測が正しいかどうかを教えてもらえないでしょうか？」

「………」

　俺の呼びかけに、村人たちは複雑な表情で顔を伏せる。

　こちらはまだ決定的な証拠を提示してはいない。

　神主が全ての罪を被ってくれるのなら、下手なことは言わずにこの場を乗り切りたい思いがあるのだろう。

「――」

　由芽はぐっと唇を噛《か》んで、そんな彼らを見つめていた。

　村人の大半が由芽の仇《かたき》。

　俺がそう考えたのは、半野《はんの》氏が生贄の衣装を纏《まと》って犯行を行ったのではないかと推測した時だ。

　半野氏は、恐らく誰に目撃されても自分が通報されないと考えていた。

それはつまり、三年前の祭りについては村のほとんどの人間が関わっていたということ。

祭りのことを知らされなかったのは、たぶん由芽《ゆめ》や廻《めぐる》くんといった子供たちと、嫌われ者の半野《はんの》氏といった〝村のコミュニティから外れた者たち〟ぐらいなものだろう。

村人たちが火祭りに命運を託したのは、高齢者が多く迷信深いという理由だけではあるまい。この村の人々は伊地瑠《いちる》村における〝本物の奇跡〟を体感しているはずだから。

〝ほむらさま〟の伝承から導いた推測は、奏《かなで》さんの報告で確信に変わっていた。

――春宮睦《はるみやむつ》こそ、きっと奇跡そのものだ。

ゆえにその奇跡を捧げることで、水不足の回復という別の奇跡を得られるかもしれないという発想に至ったと考えられる。

『あくまで必要な犠牲だった』

『彼女の犠牲を無駄にしてはならない』

そう考えている村人も多いはずだ。

俺はそんな彼らの幻想を解体するため、言葉を紡ぐ。

「春宮睦は、あなた方の求めに応じてその身を捧げた。結果として奇跡は起き、村は救われ――あなた方には彼女への深い感謝と罪悪感がある」

そこで俺は村長を指し示す。

「皆の意見を取りまとめ、春宮睦に生贄《いけにえ》となることを直接求めたのは――村の代表者である村長でしょう。しかし彼があなた方を騙《だま》していたとしたら？」

「え……？」

戸惑いの声を漏らす村人たち。

「何を――」

表情を引き攣《つ》らせる村長に構わず、俺は話を続ける。

「村長は七年ほど前――投資話に騙されたと警察に訴えたことがあるそうです。既に完済されていますが、当時は借金もあったと聞いています」

「っ……」

裏付けのある事実のため、彼は反論できずに黙り込む。

これは村に来てすぐに奏さんから聞いた情報。

その時は半野氏の事件と直接の結びつきはなさそうに思えたが、三年前の火祭りのことを知った今では重要な要因の一つだと確信していた。

「この件について奏さん――警察に詳しく調べてもらいました。投資詐欺の事件は証拠不十分で立件はされず、あなたは民事で裁判を起こしたものの相手方が破産していたせいで金は回収できなかったようですね。なのにどうして借金を完済できたのか」

強い口調で俺は畳みかける。

「あなたは、春宮家の財産に目を付けたんです。最初は恐らく前当主の春宮睦に金の無心をしたのでしょう。しかし彼女はいくら身内の頼みであっても、あなた個人の借金のために動こうとはしなかったはずです」

それは決して〝村のため〟にはならないから。

「ただ――どうにもならないと思われた状況にある日変化が訪れました。春宮睦《はるみやむつ》が由芽《ゆめ》を後継者に指名し、教育を始めたんです。そこであなたは考えたのでしょう。今、当主が代替わりすれば、まだ若い由芽の後見人となって春宮家の財産を自由にできると」

俺は村長から視線を逸《そ》らさずに言う。

「しかし、高齢のはずの春宮睦はまだまだ十分に元気だった。というか――いくつになっても死ぬとは思えなかった」

そこで俺は奏《かなで》さんから聞いた春宮睦の正体を思い返す。


『彼女の正体は――春宮由芽の高祖母よ』


高祖母は、曾祖母《そうそぼ》よりさらに一世代上を表す呼称。つまりは、ひいひいお婆《ばあ》さん。

『春宮由芽の祖母に当たる人物は、十五年前――春宮由科《ゆか》が失踪《しっそう》した翌年に亡くなっているわ。曾祖母は戦時中に若くして命を落としている。だというのに高祖母がまだ存命だなんて、普通は思わないわよね。というか本人も年齢のことを気にして、由芽さんに高祖母であることは隠していたのかもしれない』

それを聞いた俺は春宮睦の年齢を訊《たず》ねた。

『戸籍資料が一度焼けたせいで正確な年齢は分からないわ。ただ――村議会の記録を遡《さかのぼ》ると、彼女は百年以上前から春宮家の当主だった可能性がある』

何歳で当主を継いだかは分からないが、百二十歳を超えていてもおかしくはない。

かつてこの村には異常に長寿な者が存在し、それゆえに〝姥焼《うばや》き〟を祭りとして執り行うようになった。

春宮睦もまた、そんな異常長寿の一人だったのかもしれない。恐らくは〝ほむらさま〟の血が強く発現した〝先祖返り〟だったのだろう。

伊地瑠《いちる》村の住民が畏《おそ》れ敬い、特別視するのは当然のこと。

子供は実感がないだろうが、年を経た者は春宮睦がずっと村を統べていたことを知っているのだから。

そんな奇跡を終わらせた男に俺は言う。

「村長――あなたはどうにかして春宮家の当主を代替わりさせたかった。そして春宮睦が〝村の総意〟でなら動くことを利用し、村人たちを扇動しようと考えたんでしょう」

「私、は……」

反論しようとする村長だったが、まだ言葉が出て来ない様子だ。

「三年前、この村は深刻な水不足に見舞われました。村存亡の危機――これをどうにかできるのは春宮睦《はるみやむつ》しかいないと――彼女を山に捧げれば奇跡は起きると、あなたは村人たちを煽《あお》ったんじゃないですか？」

村長の返答はなかったが、村人たちの方は戸惑いながら顔を見合わせている。

過去の伝承を引き合いに出せば、それらしい理屈はいくらでも作れただろう。

例えば、春宮睦のような異常に長寿なものを捧げるのが、本来の火祭りだった――捧げられるべきものが捧げられないから、異変が起こっているのだ――とか。

「そもそもこの水不足にも不審な点があります。火祭りが終わった後、水不足はすぐに解消したそうですが……特に雨が降ったわけではなかったと神主は言っていました。村の水源である尾乃川《おのかわ》の源流は、春宮家が所有する伊地瑠《いちる》山――あなたが何か細工をした可能性は高いと考えています」

だがそう言ったところで、村長は絞り出したような声で告げた。

「……可能性？　つまり証拠はないということだな？」

「はい。加えて当時からあなたの足が悪かったとすれば、この仮説は成り立ちません。水源に細工をするには、密《ひそ》かに一人で山に入らなければなりませんからね。なのであなたがいつ足を悪くしたのか、確認は取ってあります」

これも奏《かなで》さんにオーダーした情報の一つ。

「三年前の火祭りが行われたと思われる日から二日後——あなたは隣町の病院で診察を受けています。結果は右足の膝蓋骨骨折《しつがいこつ》。カルテには転んで怪我《けが》をしたと記録されていましたが、本当は水源復旧のために山へ入った時に負傷したのではありませんか？」

少なくともこの怪我を負うまでは、山に一人で入ることが可能だっただろう。

というかここまでの推理が正しかった場合、春宮睦が生贄《いけにえ》になることに心から同意していたかすら怪しい。

彼女が春宮家の当主として〝村の総意に従う〟ことは、村での常識だったはず。ならばその総意さえ先に纏《まと》めてしまえば、彼女自身の意志は関係ない。

春宮睦が聡《さと》い人物で、村長の借金についても把握していたならば、水源が細工された可能性にも思い至る可能性がある。

ゆえに村長は彼女の知らない間に祭りの話を進め、後戻りができない状況に持ちこんでから生贄になることを強要したのかもしれない。

祭りの夜、奥屋敷の広間の板戸が開いていたのは——春宮睦が由芽《ゆめ》に向けた精一杯のメッセージだったのではないだろうか。

村人たちもそんな春宮睦の様子に何かを感じていたからこそ、彼女に扮《ふん》した半野《はんの》氏に恐れを抱いたとも考えられる。

「馬鹿馬鹿《ばかばか》しい……それは単なる君の妄想だ」

そう吐き捨てる村長。

「かもしれません。しかし一つだけ、決して俺の妄想ではない——明確に証明できるあなたの〝悪行〟があります」

俺は彼を見据えつつ、スマホを取り出し——保存してあった画像を表示させる。

「あなたは由芽《ゆめ》の後見人として、彼女の通帳を含めて春宮《はるみや》家の財産を管理していますね。由芽にパソコンやスマホも与えず、口座の状況を見られないようにしていたようですが……本人確認さえできれば銀行はきちんと対応してくれます」

画面に映し出したのは、由芽の口座における出入金記録。

俺たちが半野《はんの》氏の家に行っている間に、由芽が奏《かなで》さんに連絡を取って用意してくれたものだ。

「これによると、由芽名義の口座からかなりの額があなたの口座へ移されていました。そしてその金は直後にローン会社へと振り込まれています」

俺はスマホを仕舞い、さらに言葉を重ねた。

「かなり杜撰《ずさん》な横領ですが——あなたは由芽が成人して当主の全権を得る前に、何らかの手段でまた〝代替わり〟させるつもりでいたんでしょう」

「っ……」

村長は無言で俺を睨《にら》み返す。

俺はそんな彼を示し、村人たちに呼びかける。

「今お見せした通り、彼は春宮家の財産を私的に使いこんでいました。これでもまだ彼を信用し、庇《かば》いますか？」

村人たちに視線を向けて訴える。

「あなた方は春宮睦《むつ》を敬愛し、彼女の犠牲に感謝していたんでしょう？　しかし彼女は死ぬ必要など全くなかった。村長に騙《だま》された上でのことであっても、あなた方は春宮睦の命を無為に散らしたんです。そんな自分自身を――許すことができますか？」

じっと彼らを見つめて問う。

やがて村人一人が顔を伏せ、呟《つぶや》いた。

ここに集まった中で最も高齢に見える老人だ。

「わしは……無理じゃ」

「お、おい！」

他の村人が慌てたが、老人は首を横に振って言う。

「わしらは……償《つぐな》わねばならん。そうでなければ、睦様に顔向けができん……」

「…………」

それを聞き、制止しようとしていた村人も口を噤《つぐ》む。

「では、証言してくれますね？」

老人は頷《うなず》き、村長の方を指差した。

「ま、待て――」

震える声を漏らし、老人に手を伸ばす村長。

しかし彼の発言を止めることは叶《かな》わない。

「三年前……わしらは村長に呼びかけられて、睦《むつ》様を生贄《いけにえ》とした火祭りを執り行った……」

「あ――」

村長の表情が絶望の色に染まる。

伸ばした腕をパタリと落とし、彼は深く項垂《うなだ》れた。

老人の自供によって、最初の推理が正しかったことは証明される。

「お婆様《ばあさま》は村を救うためでもなく……ただ伯父の借金のために――」

由芽《ゆめ》がぐっと拳《こぶし》を握りしめて呟《つぶや》き、村長を睨《にら》みつけていた。

肌が汗ばむ。室温が上がっている気がする。

「お兄様――」

夕緋《ゆうひ》が後ろから俺の服を引っ張った。

今も由芽の羽化は進行している。

「さて、これで三年前の火祭りの実態は明かされました。では連続放火の件に戻りましょう」

急がなければと俺は話を次に進めた。

「既に生贄のことを認めたあなた方なら答えられるはずです。放火犯は――祭りの時の春宮《はるみや》睦と同じ格好をしていましたね？」

村人たちを見回すと、後ろの方にいた老女が手を挙げる。

「……その通りです。私は……睦様が化けて出たのかと思いました……」

彼女は現場を目撃したことがあるらしい。

「あなたのように恐れ戦《おのの》く者も多かったでしょうし、火祭りのことを掘りかえされたくなくて通報できなかった村人もいたはずです。これはどういうことかと、どうにかしてくれと――あなた方は、祭りを主導した村長に不安と不満をぶつけたんじゃないですか？」

問いかけると彼らの視線は村長へ向く。

「ああ……だが村長は〝手は打っている〟と言うばかりで……」

そう呟いた村人の声には不満が滲《にじ》んでいた。

「村長はあなた方の支持を失っていったんですね。それこそが――放火犯の狙《ねら》い。犯人は村長選で勝利するために、現村長を追い落とそうとしていたんです」

それを聞いた村人が驚いた表情を浮かべる。

「村長選……？　では放火犯は――」

「そう、一か月前に焼死体で発見された半野《はんの》氏ですよ」

　俺の答えにどよめきが起きる。

　一度、村議会で半野氏の家へ押しかけているので疑ってはいただろう。

　しかしそこでは証拠が見つからず、本当に春宮睦《はるみやむつ》の祟《たた》りではないかと考えた村人は、少なくなかったのかもしれない。

「彼の家で〝これ〟を見つけました」

　俺はそう言ってスマホを取り出し、半野氏の家で撮影した写真を見せる。

　そこには〝睦〟の字が記された面と赤い着物が映っていた。

「既に警察の鑑識に回していますが――先ほどあなた方が〝犯人の格好〟を証言してくれましたから、これだけでも十分な証拠になるでしょう」

　半野邸を出る時に奏《かなで》さんに連絡したところ、神社での調査を続けていた捜査員の一人が証拠品を受け取りに来てくれたのだ。

「半野氏は〝三年前の火祭り〟に関する情報を得て、村長選に利用したのだと思われます。情報元は、彼に便宜を図ってもらっていた火乃見《ひのみ》神社の神主の可能性が高いですね。ただ――半野氏は少しばかり敵を甘く見ていました」

　俺はここでまた村長に目をやった。

「放火が続くほどに自身の立場が危うくなっていた村長は、半野氏が犯人なのではないかと疑っていたのでしょう。そこで村議会の方たちを引き連れて、彼に防犯カメラの映像を見せるように求めました」

村議会の人間とは、今ここにいる老人たちのこと。

彼らも村長と共に半野氏の自宅へ行ったはずだ。

「しかし半野邸の防犯カメラは、車が特定の位置にある時だけ死角が生まれるよう設置されており、彼が放火のあった日時に外出している証拠は得られませんでした。しかしこうした〝対策〟がされていたことで、村長は彼が放火犯であると確信したのだと思います」

春宮睦が〝奇跡〟を起こしたと思っている村人たちは、半野氏が犯人でなければやはり彼女の〝祟り〟なのではないかと考えたかもしれない。

しかし奇跡を〝演出〟した村長だけは、現実的な思考ができただろう。

「彼が祭りの衣装を着て犯行を行っているのなら、〝姥焼《うばや》き〟のことを知っていることになる。そう考えた村長は――口封じも兼ねて邪魔者を消してしまおうと考えたんです」

そう言ったところで、村長が口を開く。

「ちょっと待て……それは、ただの憶測だろう？」

「いいえ、この事件の〝主犯〟になりえるのはあなたしかいないんですよ」

俺はそう断言し、言葉を続ける。

「半野《はんの》邸には防犯カメラがあり、一見すると死角はありません。車の位置次第で死角が生まれることを知っていたのは、村長と村議会の方たち。そして公表はされていませんが、半野氏の体からは睡眠薬が検出されています。直前の夕食に睡眠薬を仕込めたのは、彼の息子と村長、由芽《ゆめ》の三名でした」

そこで夕緋《ゆうひ》が後ろから言う。

「両方ともに名前が挙がっているのは、村長さんだけですねー」

それを聞いた村人たちが、近くの者たちと顔を見合わせた。

村長は焦りを滲《にじ》ませながら反論する。

「だから待てと言っている！　仮に私が犯人だとしたら、いつ彼を殺したというのだ？　夕食後、私と由芽は車で帰宅し――その後、半野院長は知人に電話をしているのだろう？」

「その知人とは、自殺した神主ですね。あなたが半野邸から連絡をし、受けた神主が〝間違いなく半野院長からの電話だった〟と嘘《うそ》を吐《つ》けば、犯行時刻を偽ることは可能です」

俺の答えに彼はすかさず言い返してきた。

「何故《なぜ》、嘘を吐く必要がある？　彼は半野院長の支持者だったのだぞ？」

「あなたは半野氏が放火犯だと確信した時点で、彼に情報を流した人物を――裏切り者を探したはずです。神主が半野氏に便宜を図ってもらっていたことを突き止めれば、見返りに情報を漏洩《ろうえい》したのではないかと疑うでしょう」

一呼吸置いてから俺は強い口調で言う。

「神主が自白したかどうかは分かりません。十分な嫌疑があるだけで、脅すことは簡単です。裏切り者だと言いふらされれば、村での立場を失い――ここで暮らしていけなくなる。もはや彼はあなたに従うしかなかったはずだ」

俺は畳みかけるように話し続ける。

「あなたは夕食中、隙《すき》を突いて彼の飲み物などに睡眠薬を混ぜ――その場で彼を眠らせた。由芽も食事中に寝てしまったと証言しているので、彼女にも睡眠薬を飲ませたんでしょう。彼が夕食後まで起きていたと偽装するためか、食器などは綺麗《きれい》に洗ってありましたね」

もしもこの時、半野氏が使っていた面や衣装が犯人の目に留まっていれば、緊急性はなくとも念のため処分されていたかもしれない。だがそれらは廻《めぐる》くんが持ち出していて、その時は半野邸に存在していなかった。

「そして迎えに来た車が防犯カメラの死角を生む位置に停まれば、玄関から堂々と眠った半野氏を運び出せます」

そう言ったところで、それまで黙って話を聞いていた早瀬《はやせ》さんが口を開く。

「た、探偵さん――それじゃあまるで、オレが犯罪に手を貸したみたいじゃないっすか！」

「貸しているんですよ。車を使う以上、あなたの協力は不可欠です。足の悪い村長が一人で半野氏を運び出せたとも思えませんからね」

俺はそう断言する。

「犯行時刻が帰宅前である以上、その後にいくらアリバイがあろうと関係ありません。あなたと村長は、運び出した半野《はんの》氏の口を念のため塞《ふさ》ぎ、身動きできないように縛った上で、近くの藪《やぶ》の中に放置したのだと思います。もしも睡眠薬が切れてしまったら、彼に逃げられてしまいますからね。その後、半野邸に戻って固定電話から神主に電話を掛け、眠っている由芽《ゆめ》を連れて帰宅した——」

「あれ？　その場で半野院長を殺したわけじゃないんだ？」

夕緋《ゆうひ》の疑問に俺は頷《うなず》く。

「そこで殺してしまったら、アリバイ工作が無意味になる。実際に手を下したのは……脅されていた神主だ。彼は夜明け前、藪の中に放置されていた彼に火を点《つ》けた」

「今度こそ……それは単なる憶測だ」

村長が絞り出すように言う。

「そ、そうっすよ！　オレを巻きこまないでください！」

早瀬《はやせ》さんもここぞとばかりに文句を口にした。

「では、憶測ではない証拠を見せましょう」

俺は重々しく告げて、先ほどとは違う画像をスマホに表示させる。

「これは神主の自宅にあった遺書です」

皆の注目が集まったのを見てから、俺は話を進めた。

「達筆過ぎて分かりづらいですが、かなり誤字が多い。平常心でなかったとも考えられますが、もしも彼が自殺でなかったのなら――見方も変わります」

何か言いたげな村長と早瀬さんを一瞥《いちべつ》する。

「何者かが彼の自殺を偽装したとすれば、遺書は脅されて書いた可能性が高い。つまりは死の間際に彼が遺《のこ》したダイイングメッセージ――」

遺書を示しながら俺は言う。

「ただ……近くで脅されていたなら、分かりやすいメッセージは残せない。かといって凝った暗号などにする余裕もありません。そこで彼が選んだのが、故意的な誤字。書き崩した筆文字ならば、誤字に気付かない相手だと判断したのでしょう」

そして俺は遺書の画像を拡大してみせる。

大学に入る前から〝お役目〟の関係で古い文献を調べることが多く、こういう書体には慣れていた。

「それでもあなた方の名前を直接誤字にするのはリスクが高い。誤字になっている文字にも規則性はありません。そこで思いました――誤字は〝マーカー〟なのではないかと。その上で見てみると、誤字と誤字に挟まれている文字こそ、あなた方に関係するものでした」

俺は一つずつ該当箇所を示していく。

――秀、春宮、せ、早、一、樹、ろう――

「村長――春宮秀樹《はるみやひでき》の名前がありますね。そして、ひらがなになっていますが早瀬一郎《はやせいちろう》という名前も浮かび上がります。そしてあなた方の名前以外では脅、殺、犯人、そして……」

俺がそう言ったところで早瀬さんが声を上げる。

「こじつけっすよ！　そんなのいくらでも解釈のしようがあるじゃないっすか！」

「……それが証拠だというのなら、おそまつだな」

春宮睦《むつ》の件を暴かれて意気消沈していた村長も、ぽつりと毒を吐く。

「確かに、これだけではそう言われても仕方がないかもしれません。ですがまだあと他にも、誤字で挟まれた文字があります。神、木、下――どういう意味だと思いますか?」

問いかけると二人は戸惑った表情を浮かべた。

「考えられるのは〝神木の下〟――場所の指定でしょう。そこに何かがあるはずだと、警察に連絡して調べてもらったところ、ごく最近埋められたと思われる箱を発見――その中には〝手紙〟が納められていました」

俺は次の画像を表示させる。

「ある意味、これは本物の遺書とも言えますね。いずれ自分の罪を誰かに見つけてもらうつもりだったのか――それとも危険を予感していたのか、彼はここに真実を書き記していました」

今度こそ村長と早瀬さんは険しい顔で黙り込んだ。

「三年前の火祭りは村長主導の下で行われ、春宮睦を生贄《いけにえ》としたこと——そのことを疑っていた半野《はんの》氏に、母親の便宜を図ってもらう見返りで真相を話してしまったこと——しかしそのことが村長にバレて、脅迫され、半野氏殺害のアリバイ工作と実行犯をやらされたこと——その詳細が記されています」

　これは決定的な証拠だ。

　もはや半野氏殺害の件については言い逃れできないだろう。

「そして先ほどの遺書です。〝神木の下〟というメッセージに意味があったのなら、当然他の文字が無意味なわけはない。神主を脅し、自殺に見せかけて殺したのは早瀬さん。そして指示をしたのが村長——違いますか？」

「…………」

　二人は顔を伏せ、答えない。

　誤字に気付かれないと判断されたなら、実行犯は早瀬さんだろう。老人たちを取りまとめる村長なら、書き崩した筆文字も見慣れているはずだ。

「俺と夕緋《ゆうひ》が神社を訪れた後、神主は恐らく村長に相談をした。これが正午にあった電話のことでしょう。神主は自分も疑われているのではないのかと不安になっていた。神木の下に手紙を埋めていたことから考えても、罪の意識は大きかったのだと思います。しかし村長からしてみれば、万が一にでも自首してもらっては困る」

俺は村長をじっと見据えて言う。

「あなたも焦ったのでしょうね。神主が何か余計なことをする前に、彼に全ての罪を着せた上で口を封じることにした。そこで夕方に由芽《ゆめ》を迎えに行くまで時間のあった早瀬《はやせ》さんに指示を出し、準備をさせた上で神社へ向かわせた――」

「…………」

やはり彼らは無言。

しかし事件の詳細は、彼らの口から話してもらわなければ分からない。

「まあいいでしょう。容疑を掛けるに足るものはありますから、警察も動いてくれるはずです。取り調べはそちらに任せることにします」

俺が解決を依頼されたのは、〝焔狐《ほむらぎつね》〟の噂《うわさ》の核となっている半野《はんの》氏の事件。そのトリックと真犯人を暴いた時点で、一先《ひとま》ず仕事は達成したと言える。

ただ――。

俺は横目で由芽を見る。

彼女は、罪を暴かれて項垂《うなだ》れている村長と早瀬さんを無言で睨《にら》んでいた。

額から垂れた汗が頬《ほお》を伝う。

暑い――。

夕暮れ時だというのに、温度が上がり続けている。

——これで終われば、彼女を救える。終わらなかった時は……。


俺は祈るような気持ちで懐から〝手帳〟を取り出す。

片手で開いた手帳には何も書かれていない。黒革の表紙でそれらしく見せてあるが、これは古びた紙片の束だ。

この紙片こそ、幻想の受け皿。

かつて人は紙に幻想を書き記すことで物語を〝形〟にした。

揺らぎのある口伝では得られなかった明確な輪郭。

古事記のような歴史書ではなく、完全なる空想を詰め込んだフィクションの雛形《ひながた》。

それは新たな概念そのもの。

そうしたことに起因してか、この国で最初の物語が記された〝紙〟には、特別な力が宿っている。

幻想の無尽なる器。

現存しないとされている〝最古の物語〟の原本。

混河《まぜかわ》家の者だけが知るその実体は、何十巻にも及ぶ〝物語集〟だ。〝最古の物語〟もそこに収録された話の一つ。

そしてその物語集には何故《なぜ》か、空白の部分が多くあった。

作者が新たな物語を記すつもりだったのか、それとも単なる余白なのか――理由は分からない。

だが現在そうした〝原本の空白〟は、無用の幻想を処理する道具――〝空白帳〟として利用されていた。

「では、今回の事件について整理しましょう」

俺は開いた手帳のページに触れる。

すると紙片がぼうっと輝き、周囲に光の粒が浮かび上がった。

これは空白帳を持つ俺と、本物の怪物たる夕緋《ゆうひ》のような者にしか見えない幻想の欠片《かけら》。

混河《まぜかわ》家では幻素と呼ばれているモノ。

〝焔狐《ほむらぎつね》〟を題材とした幻想は、多くの人々が注目するこの村に――そして当主の孫として存在を認知された由芽《ゆめ》を中心に収束しつつある。

幻想に由芽が呑《の》まれてしまう前に、謎《なぞ》を解体しなければならない。

「半野《はんの》氏が焼死体として発見されたこの事件――防犯カメラに死角がなかったことから、人間には不可能だと――伊地瑠《いちる》村の伝承にある〝焔狐〟の仕業だとさえ囁《ささや》かれていました」

傍《そば》に立つ夕緋と由芽、項垂《うなだ》れる村長、後悔の面持ちで居並ぶ村人たちを見回し、俺は語る。

「問う、〝焔狐〟は在るか否か――」

俺は〝理《ことわり》〟を元に幻想を繙《ひもと》いていく。

「否《いな》――特定の位置に車を停めた時だけ、防犯カメラには死角が生まれていた。これは連続放火犯であった半野《はんの》氏自身が、犯行の痕跡《こんせき》を残さないためである」

物証である〝面〟と、村人たちの証言から、半野氏が放火犯であったことは確定的だ。

「犯行時刻の偽装を行えば、死角がある時間帯に犯行は可能。そうした工作や犯人については、脅されて犯行を手伝うことになった神主が、手紙に詳細を書き残している」

辺りに満ちた幻素が揺らぐ。

俺が手に持つ空白帳を中心に渦を巻き始める。

幻想を幻想たらしめている楔《くさび》――謎《なぞ》を解いたことで、収束点を失った幻想は俺の手にある器へと流れ込む。

俺は真《ま》っ直《す》ぐに二人の容疑者を見据え、告げる。

「犯人は村長――春宮秀樹《はるみやひでき》、および早瀬一郎《はやせいちろう》……あなたたちだ」

開かれた空白のページに眩《まばゆ》い幻想の輝きが吸い込まれていく。

そして俺はこの幻想によって生まれた怪物に言葉の刃《やいば》を振り下ろす。

「以上の〝理〟をもって――俺は〝焔狐《ほむらぎつね》〟を否定する」

パタンと手帳を閉じると、俺と夕緋《ゆうひ》にしか見えていなかった青い光が消え失せる。

これで当初の〝お役目〟は終わった。

問題は、この後……。

村長や村人たちは力なく項垂《うなだ》れ、何か異議を唱える気力もないようだった。

雨が止んだのか――いつの間にか屋敷の外は静かになっている。

本来であれば、あとは奏《かなで》さんを呼び、警察に任せればいいのだが――。

「ゆ、由芽《ゆめ》ちゃん！」

夕緋の緊迫した声に振り向こうとした瞬間、由芽が俺の脇《わき》を抜けて村長の前に立つ。

「……あなたがこんなにも多くの罪を犯していたことを、私は知りませんでした」

淡々とした口調。

けれど煮え立つ感情が滲《にじ》む声音。

「ただ、私にとって最も重要なのは――お婆様《ばあさま》の行方です。自分の口で仰《おっしゃ》ってください。あなたがお婆様を死に追いやったんですね」

静かに——だが確かな怒りを湛《たた》えた声で由芽《ゆめ》が問う。

「………」

しかし村長は顔を伏せたまま答えない。

その様子を見た由芽がギリッと歯を噛《か》みしめ、低く告げる。

「答えなさい」

びくりと村長の肩が震え、彼はゆっくりと顔を上げた。

「…………………ああ」

ようやく絞り出した肯定の言葉。

「由芽」

嫌な予感を覚えて、俺は彼女の肩に手を置いた。

彼女はこちらをちらりと見て言う。

「葉介《ようすけ》さん——私の依頼を達成してくれて、ありがとうございます。でも……私にはまだ彼に聞かなければならないことがあるんです」

感情を抑えた声で彼女は言い、俺の手をそっと払う。

「由芽……！」

「…………」

俺は再び呼びかけるが、彼女は何も答えずに村長へ顔を向け、冷え切った声音で問いかけた。

「お婆様《ばあさま》は今、どこにいますか？」

「――伊地瑠《いちる》山の社に、祭りで燃やした藁《わら》人形の灰を埋める〝灰塚〟があるだろう？　睦《むつ》様の亡骸《なきがら》もそこに……」

村長は観念した様子で答える。

「そう、ですか――」

由芽は彼の前で拳《こぶし》を固く握りしめた。

空気が張りつめ、首筋にじわりと汗が滲《にじ》む。

――気温の上昇が止まっていない。

雨が止み、西日が照り付けたことで多少は気温が上がるかもしれないが、これはその範疇《はんちゅう》を大きく超えている。

ボッ――。

突然、広間の障子が発火した。

誰も障子に触れてはいない。だというのに――。

「お兄様！」

最初に動いたのは夕緋《ゆうひ》だった。

炎に怯《ひる》むことなく彼女は障子に近づき、鮮やかな回し蹴《げ》りを放つ。

バンッ——と激しい音が響き、火のついた障子が吹き飛ぶ。

障子の向こうは縁側で、その先には広い庭がある。

夕緋《ゆうひ》の常人離れした脚力で蹴り飛ばされた障子は、火の粉を撒《ま》き散らしながら庭にある池へ落下した。

しかしまた新たに廊下側の襖《ふすま》から炎が上がり、村人たちが悲鳴を上げる。

「うわぁぁぁぁっ!? ひ、火が——」

——この現象は……！

俺は奥歯を嚙《か》みしめつつ、慌てふためく人々に指示を出す。

「早く屋敷の外へ!!」

「ほら、こっちこっち！」

俺と夕緋が促すと、彼らは我先にと広間から中庭へと避難する。

「早瀬《はやせ》！　手を貸せ！」

足の悪い村長も、早瀬さんの肩を借りて火から逃れる。

「………」

しかしそんな中、由芽《ゆめ》は一人ゆったりとした足取りで広間を出た。まるで炎の熱を感じていないように。

俺は彼女に注意を向けつつ、後に続こうとしたが——。

「ぐっ……ごほっ！　ごほっ！」

湧《わ》き出す煙に包まれ、咳《せ》き込む老人たちの姿に気付いて足を止める。

よく考えれば皆、高齢者ばかり。

村長に限らず、足腰に不安がある人間が多いのは当然のことだった。

「っ——摑《つか》まってください……！」

俺は動けずにいる老人たちの元に引き返し、肩を貸す。

「お兄様、わたしも手伝うよ！」

避難誘導をしていた夕緋が駆け戻ってきて、別の老人を軽々と抱え上げた。

そうして俺たちは協力して全員を屋敷の外へ運び出す。

最後の一人を救出した時には、もう広間は火の海となっていた。

間が悪く、雨は完全に止んでしまっている。

辺りがまだ濡《ぬ》れているので火の回りは遅そうだが、自然鎮火は期待できそうにない。

「これは何じゃ……睦《むつ》様の……〝焔狐《ほむらぎつね》〟の祟《たた》りなのか……？」

呆然《ぼうぜん》と呟《つぶや》き、立ち尽くしている村人たち。

夕緋が彼らの前に立ち、大きな声で言う。

「違うよ！　祟りじゃなくて火事！　早く消防と警察に連絡！」

「あ……ああ——そ、そうじゃな」

村人たちは我に返り、必要な場所への連絡と消火活動を始める。

村人たちは罪を償《つぐな》うつもりのようなので、警察が来れば改めて自供してくれるはずだ。

なのでここは一旦彼らに任せ、俺は辺りを見回した。

問題は火災が起こった原因。

まるで超常的な力が作用したかのように、火は前触れもなく現れたのだ。

「由芽《ゆめ》は——」

屋敷から逃げ出した人々の中に、由芽の姿がない。

けれど彼女が広間を出たのは確認している。

「あ、あれ？　どこだろ？」

村人たちを救出している間に、夕緋《ゆうひ》も由芽を見失っていたらしい。

「由芽だけじゃない、村長と早瀬《はやせ》さんもいなくなってる」

人命救助を優先した結果とはいえ、目を離してしまったことに後悔を覚える。

「うそ、三人はどこに——」

周囲を確認していた夕緋だったが、驚きの表情を浮かべて息を呑《の》む。

「——お兄様、ヤバイかも」

「どうした？」

「まだ……残ってる」

彼女が目を向けている先には空があるだけで、俺には何も見えない。

しかしこの場で彼女の目にしか映らないモノがあることを俺は知っていた。

「幻素か？」

空白帳に触れた時にしか、俺には見えない光の粒子。

人を怪物へと変貌《へんぼう》させる幻素は、先ほど処理したはずだった。

「うん、この辺りは薄いけど——周りにはいっぱい」

夕緋の返答を聞き、俺は最悪の予想が当たったことを知る。

「間違いない。さっきの現象は由芽の……」

幻素の収束により〝羽化〟が進行している。

カマイタチ事件の犯人が〝凮〟を生み出していたように、〝焔狐《ほむらぎつね》〟の幻想に侵された由芽は炎を生じさせたのだ。

「でもお兄様は事件の謎《なぞ》を解いたはずだよね？　それなのにどうして？」

「……〝空白帳〟を持つ俺が〝理《ことわり》〟を元に真相を暴くことで、幻想を引き寄せている楔《くさび》は消える。収納できなかった幻想があるのなら、その楔が——謎がまだ残っているってことだ」

「でも、謎なんて……」

もう残っていない。

そう言いたげな顔で夕緋《ゆうひ》は首を傾《かし》げる。

「いや――半野《はんの》氏の件以上に、〝焔狐《ほむらぎつね》〟の話題を盛り上げた事件が昨日起こったばかりだ。しかも様々な憶測の中心には、由芽《ゆめ》の存在がある」

「あ、神主さんの……でもそれだってさっきお兄様が解決したじゃない！　遺書のメッセージを解読しただけじゃ、証拠にはならなかったってこと？」

その問いに、俺は首を横に振って答えた。

「村長と早瀬《はやせ》さんを犯人とするには、十分な根拠だよ。そしてそれが真実だったなら、そこにもはや謎《なぞ》はなく――全ての幻想は〝空白帳〟に納まっていたはずだ。つまり――」

「あの二人が犯人だって証明するだけじゃ足りない……？」

夕緋の呟《つぶや》きに俺は頷《うなず》く。

「そういうことだ。その可能性を考えていなかったわけじゃない。けれどさっきの時点でそれを確かめる手段はなかったから、〝そうじゃない〟ことを祈るしかなかった」

そしてその祈りは――届かなかった。

「こうなった以上、どうにかして真実を突き止めなきゃいけない。唯一、手がかりになりえるのは……実行犯である早瀬さんの証言だろう」

「え……だけど早瀬さん、どこにもいないよ？　村長さんも――まさか由芽ちゃんを人質にして、一緒に逃げたとか？」

「いや、今の由芽は〝羽化〟が進んで怪物になりかけている。だからむしろ逆……由芽が、二人を攫《さら》った可能性が高い。彼女が向かうとしたら——」

俺はそう告げて、クスノキの向こうに見える伊地瑠《いちる》山へ目をやる。

先ほど由芽は、村長から春宮睦《はるみやむつ》の居所を聞き出していた。

「うん、あそこだね！　急ご、お兄様。でもその前に靴を履かないと走れないよ」

「そうだな——」

広間から中庭へ逃れた俺たちは靴を履いていなかったので、まずはまだ火の回っていない離れへ行き、そこで自分の靴を履く。

離れから出たところで気付いたが、駐車スペースには黒塗りの車が停められたままだった。

「やっぱり村長たちが由芽を連れていったわけじゃない」

推測が正しかったことを確かめた俺は、夕緋と共に春宮邸の通用口へ向かって走る。


ワンワンッ！


すると行く手から犬の鳴き声が聞こえてきた。

近づくと通用口の鉄扉の前で吼《ほ》えている番犬の姿を見つける。名前は確かタロウだったか。

普段は奥屋敷の番をしているはずのタロウが何故《なぜ》ここにいるのか——。

「もしかして、由芽《ゆめ》ちゃんを追いかけようとしてる?」

夕緋《ゆうひ》がタロウの様子を見て呟《つぶや》く。

その言葉がまるで分かったかのように、タロウはこちらを振り向いてワンと一声鳴いた。

「お兄様、この子に案内してもらおうよ! 由芽ちゃんが山に向かったんだとしても、わたしたちは道とか知らないし」

「………信じてみるか」

逡巡《しゅんじゅん》は覚えたが、迷っている暇はないので通用口を内側から開ける。

隙間《すきま》ができるとタロウはするっと外へ抜け出た。

そのまま走って行ってしまうのではと思ったが、俺と夕緋が敷地の外へ出るとタロウは道の先で足を止め、こちらを見ている。

俺と目が合うと、タロウはこっちだと言うように走り出した。

かなりの老犬だと聞いていたが、置いていかれそうなスピードだ。

——それに賢い。もしかするとこの犬も〝ほむらさま〟の血統かもしれないな。

怪物の血が人間にだけ流れているとは限らない。

人に変じて血を残せたならば、他の動物と子を作ることも可能だろう。

だとすれば春宮睦《はるみやむつ》並みに、異常な長命だとも考えられた。

「やっぱり伊地瑠《いちる》山に向かってるね!」

走りながら息も切らさず夕緋が言う。
「……ああ」
体力的には並かそれ以下の俺は、短く返事をするのが精一杯だった。
雨上がりの澄んだ空の下——周囲より頭一つ高い神山が行く手に聳《そび》えている。
由芽はどのように二人を攫《さら》ったのか……いくら走っても追いつける気配はない。
タロウが先導する道は、伊地瑠山の登山口に通じていた。
普段は立ち入りが禁じられているらしく、高い柵《さく》が立てられている。
しかし入り口と思われる場所は、焼け焦げてボロボロに崩れていた。
白い煙がまだ立ち昇っているので、燃えたのはついさっきだろう。
「由芽ちゃんが……やったんだよね」
「だろうな」
夕緋の言葉に俺は短く同意した。
ワンッ！
タロウは迷うことなく焦げた柵の間を通り、山道へ踏み込む。
俺は夕緋と頷《うなず》き合い、後に続いた。
下草に埋もれそうな石段が山頂へと続いている。
石段は急なところもあれば、なだらかなところもあり、段差も幅もまちまちだ。

「はぁ……はぁ……」

既にここまで走ってきたので息が切れる。

けれど足を止めず、山を登る。

神主が死んだ事件の真相——それを明らかにしなければ、今回の事件は終わらない。

だが、できることなら俺はこの真相だけは暴きたくなかった。

知らなくてもいいことだと、そう思う。

しかし混河《まぜかわ》家四男としての〝お役目〟が、幼馴染《おさななじみ》を救うという目標が、俺に立ち止まることを許さない。

「お兄様、大丈夫?」

俺を気遣ってペースを落とした夕緋《ゆうひ》に、俺は根性だけで追いつく。

「大丈夫だ。急がないと……手がかりがなくなる」

「分かったよ——お兄様、頑張って」

夕緋は頷《うなず》き、元のペースで石段を上っていく。

俺はただ妹の背中を見失わないように足を動かした。

それからどのぐらい上ったか——石段の先に古びた鳥居を見つける。

石で作られた小さなものだ。

そしてその向こうに在ると思われる社からは濛々《もうもう》と黒煙が立ち昇っていた。

昨日を思い出す光景。

ワンワン！

先行していたタロウが、石段を駆け上がって行く。

「待って！」

夕緋が制止するものの、タロウは止まらない。

俺はラストスパートだと力を振り絞り、夕緋と共に石段を上り切った。

そこには――。


「由芽《ゆめ》ちゃん……」


夕緋が悲しそうな声で呟《つぶや》く。

燃え盛る小さな社の前に鎮座する――巨大な狐《きつね》を見て。

毛並みは雪のように白いが、背後で揺れる三本の尾は先端にゆくほど赤い。

黒い睫《まつ》毛《げ》に縁どられた瞳《ひとみ》は金色。

伝承にあった〝ほむらさま〟がいたとすれば、まさにこのような姿をしていたのだろう。

しかしこの大狐は〝ほむらさま〟ではなく、その末裔《まつえい》が幻想によって先祖返りをした姿。

「羽化が……終わったのか」

間に合わなかった。

しかし全てが手遅れなわけではない。

まだやれることはある。

たとえそれが彼女に〝痛み〟を強いるものだとしても。


くぅん……。


先にこの場へ着いていたタロウは、大狐《おおぎつね》の前で立ち竦《すく》んでいた。

「たす、け――」

そしてあと二人――村長と早瀬《はやせ》さんが、それぞれ別の尻尾《しっぽ》で締め上げられ、苦しげな声を漏らしている。

『葉介《ようすけ》さん……私、何だか凄《すご》いことになっちゃいました』

その時、頭の中に声が響く。

「由芽《ゆめ》――か？　意識があるのか？」

俺は驚いて問いかける。

羽化を終え、怪物と化した者は理性を失うことが多い。

人間としての意識を保っているのは稀《まれ》なケースだ。

脳裏を過《よぎ》るのは、少し前まで混河《まぜかわ》家の家長だった義父の姿。

――父さんも完全な怪物のまま人間の意識を保っていた。だからこそ、圧倒的な力を持っていた……。

広まった噂《うわさ》と血統の相性があまりに良かったことに起因するのかもしれない。

『はい……でも、私が私じゃないみたいです……前よりもたくさんのことが、分かります』

大狐――由芽はそう言うと、尾で拘束している早瀬さんに目をやった。

『心の中が、見えるんです。この変化は、羽化っていうんですね……私は怪物になってしまった……ということでしょうか』

「な――」

その言葉に俺は驚く。それは彼女が知るはずのないことだ。

『今、葉介さんが考えていたことを〝見た〟んですよ。もちろん……ここにいる伯父と早瀬の心も覗《のぞ》きました。そしたら葉介さんが調べてくれた以上のことが分かったんです』

淡々とした声。

しかしそこには確かな怒りの熱を感じる。

『伯父が借金を作ったのが七年前。私が両親を亡くし、春宮家《はるみや》に引き取られ……次期当主に指名されたのが五年前――少しばかりタイミングが良すぎると思えませんか?』

「………」

俺が何も答えずにいると、大狐《おおぎつね》は口元を僅《わず》かに緩める。

笑ったのだと、遅れて気付いた。

『なんだ――葉介《ようすけ》さんも気付いていたんですか。でも私の前で口にするのは憚《はばか》られて、黙っていたんですね。お気遣いありがとうございます』

「……本当に心が読めるんだな」

怪物は様々な力を持つ。これは〝ほむらさま〟の能力の一つだったのだろうか。

由芽《ゆめ》の言う通り、出来過ぎた偶然だとは思っていた。

ただ現時点では証明できることではなく、いたずらに由芽の心を乱すことになると思い、あの場ではあえて触れなかったのだ。

『考えたり、思い出したりしてくれないと、上手《うま》く見えないですけどね。だから……早瀬《はやせ》にここでじっくり〝当時〟のことを思い出してもらっていたんです』

「あああああっ!!」

尾に強く締め付けられたのか、早瀬さんが絶叫する。

『早瀬は、伯父と共謀して私の両親を殺したんですよ』

平坦な口調で彼女は語った。

『お婆様《ばあさま》は、私に居場所を与えるために次期当主に指名してくれた……そう思っていました。けれどそれで周囲が納得したのは、私がきちんと〝資格〟を持っていたから――だったみたいです。直系の女子……それが春宮家当主の条件でした』

大狐の口は動いていないが、由芽の声は明瞭《めいりょう》に頭に響く。

『資格を持っていたのは、母と私だけ。お婆様なら私を次期当主にすると、伯父は読んでいたのでしょう。それで――』

使用人の早瀬一郎《いちろう》に、由芽の両親を殺させた。

いずれ由芽を傀儡《かいらい》とし、春宮家の財産を好きに運用するために。

『その通りですが、話は早瀬の方から持ちかけたようです。早瀬は母の幼馴染《おさななじみ》で、ずっと想いを寄せていました。けれど母は東京から来た父と半ば駆け落ちのような形で家出をし……早瀬は一方的に〝裏切られた〟と恨みを募らせていたんです』

俺の心の声に答える由芽。

俺も早瀬さんが由芽の母親と同級生であることは知っていた。

村を出た彼女に複雑な想いがあることも透けて見えていた。

春宮由科《はるみやゆか》の失踪《しっそう》間際の状況も、奏《かなで》さんから報告を受けている。

だからそうした可能性を考えてはいたが……。

『母たちを見つけるためには、探偵などを雇わなければなりません。けれど早瀬《はやせ》にはそんな金がなく、利害が一致した伯父を〝スポンサー〟にしようと考えたみたいです。そして……二人の居所を知った早瀬は、事故に見せかけて復讐《ふくしゅう》を果たしました』

熱の籠《こも》った声で言う由芽《ゆめ》だが、今のところ彼女の言葉を裏付ける証拠はない。

『証拠ならありますよ。早瀬は伯父に切り捨てられないように、密談の際の音声データが入ったICレコーダーを銀行の金庫に保管しています』

俺が何か言う前に、由芽は証拠の存在すら提示した。

「由芽」

俺は彼女に呼びかける。

「それが本当なら、後は警察に任せよう。その音声データだけじゃなく、探偵を雇った記録も残っている可能性は高い。二人を追及するには十分な証拠になる。罪は正式な手順を踏んで償《つぐな》わせるべきだ。だから彼らを解放してくれ」

『……嫌ですよ。警察に頼らなくても、今の私なら自分で罰を与えられます』

由芽は俺の提案を却下する。

彼女の声には高揚が感じられた。

怪物と化して得た力が、彼女の精神性にも影響を与えているようだ。

『早瀬と伯父を罰したら、次は村の住民たちでしょうか。お婆様《ばあさま》を殺した責任は取ってもらわないと』

「っ――」

本気だ。

そう感じた。

そこで大狐《おおぎつね》は左を向く。

燃え盛る社の横に、すり鉢状の穴がある。四方に重そうな石が置かれ、それを太い注連縄《しめなわ》が繋《つな》ぎ、穴を囲っていた。

『お婆様……見ていてくださいね』

由芽の言葉で、そこが春宮睦《むつ》の遺体が埋められている〝灰塚〟だと気付く。

「う……あ――」

さらに尾の締め付けが強まったのか、村長と早瀬さんは白目を剝《む》き――ミシミシと嫌な音が響いた。

由芽の語ったことが本当なら、彼らの所業は死に値するのかもしれない。

しかし罰を与えるのは、やはり由芽であってはならない。

それに早瀬《はやせ》一郎《いちろう》は、由芽《ゆめ》を救う唯一の鍵《かぎ》でもある。

「由芽の両親の件だけじゃない——全ての事件の謎《なぞ》を解くために、二人の証言が必要だ。夕《ゆう》緋《ひ》、頼む」

「了解——やっと出番だねっ！」

俺の言葉に頷《うなず》き、夕緋が前に出た。

それに反応して由芽がこちらを見る。

『邪魔しないで』

警告の言葉と共に、夕緋の進路を塞《ふさ》ぐように炎の柱が立ち昇った。

「するよ——だって、見てられないもん」

けれどその時にはもう夕緋は空中にいる。

常人離れした跳躍力で炎の柱を飛び越え、腕を振るう。

あらかじめ腕に傷を付けていたらしく、黒い血の帯が二本伸び——尾に拘束されている早瀬さんと村長の腕に巻きつく。

「よっと」

夕緋は体をねじりながら着地し、その勢いで彼らに巻きついた帯を引く。

スポンと二人の体が尾の間からすっぽ抜けた。

『返してっ‼』

由芽が咆哮《ほうこう》する。

大狐《おおぎつね》の背後で揺らめく三本の尾が大きく膨れ上がり、空中にいる夕緋に勢い良く伸びた。

「嫌。コレはもうお兄様のモノ」

夕緋は自分の腕に歯を立て、躊躇《ちゅうちょ》なく横に引き裂く。

噴き上がる黒血。

それは網目状に広がり、襲い掛かる三本の尾だけでなく、大狐本体も包み込んだ。

「しばらく大人しくしてて」

ぎゅっと夕緋が手を握り込む。

すると黒血の網は収縮し、大狐の全身を拘束した。

『な、何これ――夕緋さん、あなた……一体なんなの？　あなたの心だけ――全然見えない』

夕緋の力を見て由芽は驚きを露《あら》わにする。

「わたし？　わたしも由芽ちゃんほどじゃないけど〝怪物みたいなモノ〟なんだ」

大狐の前に立つ夕緋は、大狐に向けて腕を掲げながら答える。

規模は段違いだが、カマイタチ事件の犯人の身動きを封じた時と同じ芸当。

網には隙間《すきま》があるように見えるが、実際は薄く強固な膜が張っており、相手の力をも内側に抑え込める。

そしてドサッ――と俺の前に、黒い帯で簀巻《すま》きにされた早瀬《はやせ》さんと村長が落下した。

「げほっ!?」

その衝撃で彼らは咳《せ》き込むが、それを気遣う必要は感じない。

「…………」

村長はそのまま意識を失ったようで、何も言葉を発しない。

「けほっ、がほっ……な、何なんすか、これ……」

早瀬さんは顔を顰《しか》めつつ、呆然《ぼうぜん》と空を仰いでいた。

『返してっ！　返してよっ!!　〝それ〟は私が――私が潰《つぶ》さなきゃ！　お父さんとお母さんがされたみたいにぐちゃぐちゃにして、燃やしてやらきゃ!!』

由芽《ゆめ》の声が辺りに響き渡る。

ボッ――！

彼女を拘束していた黒血の網から炎が立ち昇った。

「っ……お兄様、急いで。〝昼のわたし〟じゃ長くもたない……！」

夕緋《ゆうひ》がこちらに背を向けたまま苦しげな声で呻《うめ》く。

やはり本物の怪物と化した由芽を力で抑え込むのは難しいらしい。

「早瀬さん、一つ質問に答えてほしい」

長々と問答している暇はない。

俺は簡潔に、残る謎《なぞ》を解くための証言を彼に求める。

本当は聞きたくなどない。

せめて由芽の前でだけはと、そう思う。

けれど——心が読めるようになった由芽は、たぶんもう知ってしまっている。

だからこそ止まれなくなってしまっているのだろう。

ならば俺も確かめなければならない。


「あなたは——〝人を使って〟神主を殺しましたね」


「は……」

早瀬さんの口元に笑みが浮かぶ。

「村長に神主の始末を命じられたあなたは、神主を脅してあの遺書を書かせました。その後、神主が自殺したと見せかけるための仕掛けをした上で、由芽を迎えに行ったのでしょう」

俺は早瀬さんがしたことを推理していく。

「睡眠薬などで意識を奪った神主を社殿の中に配置し、燃料を撒《ま》き――着火すれば爆発が起きる状況を整えた。問題は着火のタイミング。あなたは疑われぬよう、自分がその場にいないタイミングで爆発を起こそうとした……」

そこで俺は拳《こぶし》を握りしめる。

「ただ着火すればいいだけの仕掛けです。たとえば――氷が解ければ燭台《しょくだい》が倒れるようにするとか……時限式の着火装置はいくらでも作りようがある。だから俺は、あなたが時限装置を用いたと思いたかった」

そうすれば神主の焼死事件にかかわったのは彼と村長の二人だけ。幻想を繋《つな》ぎとめるほどの謎《なぞ》は残らなかった。

決して――〝彼女〟を巻き込む必要などなかったはずだ。

「だが、そうじゃなかった。由芽《ゆめ》は賽銭《さいせん》箱の上に置かれた面を取ろうとした際、何かに足を取られて転んでいる。それがきっとあなたの仕掛け。ワイヤーか何かを張っておき、それが引っ張られると社殿内にある燭台などが倒れるようにしておいたんでしょう」

単純な仕掛けだ。後から現場に駆け付けた際、俺たちが炎に気を取られている間にワイヤーなどを回収できれば証拠も残らない。

けれど――時限装置より確実性は劣る。

いかに面で注意を引いたとは言え、由芽が足元の仕掛けに気付けば仕掛けは不発。成功しても、俺や夕緋《ゆうひ》が回収前の仕掛けを見つけてしまう可能性があった。

「は…………はははっ!!」

笑い始める早瀬《はやせ》一郎《いちろう》。

「何がおかしいんですか？」

「は、はは……いや……こんな状況だってのに……自分でも信じられないんすが――燃える社殿を見て呆然《ぼうぜん》としているご当主の顔がもう……傑作で――思い出したら笑いが止まらないんすよ……」

引き攣《つ》った表情で彼は笑い続ける。

「記念に――こっそり写真も撮ってあって……ハハ――刑事さんに釘《くぎ》を刺されなかったら、そのうちネットに晒《さら》してたかもっすね」

SNSで彼が〝村長の姪《めい》〟のことを示唆したのは、彼女に対する〝悪意〟の発露だったようだ。

写真のアップはもちろんのこと、内部事情のリークもリスクのある行為だと分かっているはずなのに……由芽に関することだと、攻撃的な衝動を抑えきれていないように思える。

「どうして……わざわざ由芽を使ったんですか？」

怒りを堪《こら》えながら俺は問いかけた。

必要なのは彼の証言だ。それがなければ由芽を救うことができない。

「…………大した理由なんて、ないすよ。目の前で人が死んだら……由科《ゆか》とそっくりな顔で、どんな表情を浮かべるのか……見てみたかっただけっす」

やはり――由芽《ゆめ》の母に対する遺恨。

未《いま》だ残る恨みを、娘で晴らしているだけ。

最低な動機を聞いて、頭に血が昇る。

だが手を出すことだけは拳《こぶし》を握りしめて堪《こら》えた。

どんな相手であれ、俺自身が暴力を振るってしまえば、由芽の復讐《ふくしゅう》も肯定してしまうことになる。

俺の武器は言葉だけ。

必要な証言は得られた。あとは――。


『あああああああああああっ!!』


その時、由芽の叫びと共に轟音《ごうおん》が山の空気を震わせる。

黒血の網が全て炎に包まれ、塵《ちり》と化した。

膨れ上がった炎は火球となり、俺と早瀬《はやせ》さんがいる方に放たれる。

迫る熱と光。

「お兄様!!」

華奢《きやしや》な人影がその間に割って入る。

「夕緋《ゆうひ》――!」

反射的に声が出た。

直撃する火球。

夕緋の細い体が、赤い炎に包まれた。

『あ――』

その光景に我に返ったのか、大狐《おおぎつね》が動きを止める。

『夕緋、さん……私……』

後悔と戸惑いの声が頭に響く。


「大丈夫だよ。由芽ちゃん」

いつもと変わらない夕緋の声が聞こえた。

心配はいらないと分かってはいたが、俺は安堵《あんど》の息を吐く。

いつ見ても慣れない。

いや、慣れるべきではないのだろう。

これは人間ではなく怪物としての在り方だ。
炎の中で人影が動く。
真っ黒に焼け焦げた体で夕緋《ゆうひ》は炎を脱《ぬ》ぎ棄《す》てるようにして、一歩前に進み出た。
パラパラと黒い膜が彼女の全身から剝がれ落ちる。
現れるのは一糸まとわぬ白い裸身。
火傷《やけど》の跡も、先ほど自ら傷付けた腕の傷も残ってはいない。
「昼だと治りは遅めだけど——わたし、死なないから」
血を操る力。瞬時に傷が治るどころか、全身を燃やされても復活する不死性。
昼は少し調子が悪く、夜は俺の血を求める美しい怪物。
混河《まぜかわ》夕緋の正体は〝吸血鬼《ヴァンパイア》〟。
しかも並の吸血鬼ではなく、日光の下でも出歩ける〝真祖〟と呼ばれる上位種。
「さあ、お兄様」
後は俺の出番だと、彼女は俺を招く。
だがいくら再生するとしても、痛かったはずだ。熱かったはずだ。
なのに彼女は笑みを浮かべる。
いつものように。
「……ありがとう」

心から礼を言う。

「いいよ――お兄様のためだから」

そんな報われたかのような顔をしないで欲しい。

こんな言葉一つじゃ、彼女の働きにつり合わない。

――俺こそが、報いなければ。

俺は上着を脱ぎ、妹にそっと羽織らせる。

「後は任せろ」

「……うん」

頰《ほお》を染めて頷《うなず》く夕緋。

彼女の頭をポンと一度撫《な》でてから、俺は前に歩み出る。

解くべき怪物《なぞ》の眼前に。

大狐《おおぎつね》と化した由芽《ゆめ》は、未《いま》だ驚きに動きを止めていた。

――必ず君を救ってみせる。

推理を裏付ける証言は得られた。

今度こそ、全ての幻想を解体しよう。

俺は懐から〝空白帳〟を取り出し、そのページに触れた。

辺りに眩《まばゆ》い光の粒が浮かび上がる。

「由芽《ゆめ》——」

『……葉介《ようすけ》さん？』

俺の呼びかけで彼女は我に返った。

再び彼女が早瀬《はやせ》さんに殺意を向ける前に、俺は彼女に問う。

「さっきの会話は聞こえていただろう。いや、それ以前に君は自分が何をしたのか……早瀬さんの心を〝見た〟時点で知っていたはずだ」

『っ——はい』

彼女は動揺しながらも、肯定の言葉を返す。

『神主さんの命を奪ってしまったのは、私です』

由芽は静かな声で、己の罪を告白した。

第四章 ◆ その怪物の名は

1

燃え盛る社。

その前に鎮座する大狐《おおぎつね》――。

俺は光輝く空白帳を手に、怪物へと羽化した由芽《ゆめ》を見つめる。

神主の命を奪ってしまったのは自分だと、彼女は告げた。

それこそが残った謎《なぞ》の正体。

仕掛けを施した早瀬《はやせ》一郎《いちろう》の証言と、由芽の自供によって全ての真実は明らかになった。

『もしかしたら……そんな予感はありました。けれど気付かない振りをしていました』

夕緋《ゆうひ》は心情を語る。

先ほど意に反して夕緋を傷付けてしまったからか、早瀬さんを後ろに庇《かば》う俺へ攻撃してくる様子はない。

『でも……伯父や早瀬の罪を暴いた時、私にも罪があることを知りました』

彼女の背後に広がる三本の尾が炎のごとく揺らめく。

それは彼女が抱く激情と動揺を表しているようだった。

「そうか……」

その状況であれば由芽は悪くない。

早瀬さんに利用されただけ。

——そう言うのは簡単だ。

しかし単なる慰めにしかならない。

彼女の行動が最後のトリガーになったのは事実。

何より彼女自身が、それを己の罪だと認識している。

『その通りです』

俺の心を〝見た〟のか、由芽が頷《うなず》く。

『私はもう……人殺し。〝殺すべきでない人〟を死なせてしまったのに、〝死ぬべき人〟を殺さないのは——変ですよ』

強い自嘲《じちょう》を込めて由芽は言う。

再び彼女の殺意が高まるのを感じた。

社を包む炎が勢いを増し、柱が崩れ落ちる音が響く。

「違う。それは超えちゃいけない一線だ。それをしたら、君は真の怪物になってしまう」

『……真の怪物?　私——もう、こんな姿なのに?』

姿がどう変わろうと関係ない。

己の意志で、何を為《な》したか。

人の在り方はそれで定まる。

俺は、そう信じていた。

「それでも——君はまだ人間なんだ。俺が今、それを証明する」

俺は空白帳を手に告げる。


「再度問う——〝焔狐《ほむらぎつね》〟は在るか否か」


開かれたページが蒼《あお》く輝く。

今回〝理《ことわり》〟を定めるのは、神主が焼死した事件。

早瀬《はやせ》さんが〝村長の姪《めい》〟の存在を示唆したせいで、ネットでは由芽《ゆめ》が犯人ではないかという説が強まった。

しかし警察から自殺だったという発表があり、〝人間の犯人〟がいなくなったことでオカルト説が再燃していたらしい。

曰《いわ》く、〝村長の姪〟は〝焔狐〟に願い、村長に仇為《あだな》す者を排除している。

曰く、〝村長の姪〟自身が〝焔狐〟で、超常的な力を用いて犯行を行っている――。

勝手な妄想。

ほとんどの人間が本気で信じてはいないのに、膨らみ続ける〝もっともらしい幻想〟。

俺が先の推理で用いた〝理〟では、神主が自殺ではなく、村長と早瀬さんが殺害に関与した可能性が高いことを示すことしかできなかった。

しかし――それでは真相として不十分。

ゆえに神主の事件で生じた新たな幻想は回収できず、〝焔狐〟の幻想は由芽に収束し――彼女を怪物へ変えた。

だから正す。

全ての真実を見通し、今度こそ幻想を否定する。

「否《いな》――神主が死亡した事件の犯人は、人間である」

そこに〝焔狐〟が関わる余地はない。

「否――犯行を指示したのは村長の春宮秀樹《はるみやひでき》。実行犯は早瀬一郎《いちろう》。そして自殺を偽装する仕掛けに利用され、図らずも彼の命を奪ってしまったのが――春宮由芽」

事件の真相に関わるのはこの三名。

「否――神主の遺書に隠されたメッセージ、それを元にして発見された手紙、さらに早瀬一郎の証言と、春宮由芽《はるみやゆめ》の自供によって、これらの事実は裏付けられた」

ぶわりと辺りに満ちた幻想の光が揺らめいた。

幻想の核たる謎《なぞ》が解けつつあるのだ。

俺はじっとこちらの話を聞いている由芽を見つめながら、怪物《なぞ》にトドメを刺す。

「以上の〝理《ことわり》〟をもって、俺は再び〝焔狐《ほむらぎつね》〟を否定する」


周囲の幻想だけでなく、大狐と化していた由芽の体が蒼《あお》く輝く。

光は彼女の全身から湧《わ》き上がり、渦となって空に立ち昇った。

竜巻のごとき幻想の渦。

村全体に満ちていた光もそこに巻きこまれ、高く高く天へ伸びる。

そして全ての蒼光《そうこう》を束ねた螺旋《らせん》は、幻想の雛形《ひながた》たる狐の姿となって空を駆け——雲を越える直前で反転すると、こちらに真《ま》っ直《す》ぐ向かってきた。

俺は空白帳を開いたまま、幻想の奔流を待ち受ける。

——————!

衝撃も音もない。

しかしまるで目の前に星が落ちてきたかのよう。

開かれたページに蒼く輝く狐が飛びこんだ瞬間、あまりの光で全ての輪郭が掻《か》き消える。

かつて存在したであろう一柱の神をも蘇らせた幻想は、凄《すさ》まじい密度だった。

そして輝きの奔流を全て呑《の》み込んだ空白帳を、俺は静かに閉じる。

パタン――。

蒼い光は嘘《うそ》のように消え去り、辺りに物のカタチが戻ってきた。

俺の眼前にいたはずの大狐はそこにいない。

社を燃やしていた炎も消えている。

黒く焼け焦げた古い社の前に立つのは、着物姿の少女。


「あ……」


人間の姿に戻った由芽は、自分の手足を見て驚きの声を漏らす。

「私――元に戻って……?」

信じられない様子で人間に戻った自分を確認する由芽。

「うん、そうだよ」

背後から夕緋《ゆうひ》の声。

「お兄様が戻してくれたの」

そう言いながら俺の前に出た夕緋は、ゆっくりと由芽《ゆめ》に近づく。

「よかったね――由芽ちゃん」

俺の上着を羽織っただけの姿のまま、夕緋は正面から由芽を抱き締めた。

「ゆ、夕緋さん――――え、えっと……」

困惑する由芽に夕緋が言う。

「あんな姿になっちゃって怖かったよね……わたしは〝本物〟になってた時のことはよく覚えてないけどさ――とにかくこれで、もう大丈夫だから」

安心させるように夕緋は由芽の背中をポンポン叩《たた》いた。


「は……ははははっ……これ、オレらは助かったってことっすかね……」


そこに響く早瀬《はやせ》さんの声。

彼は縛られて地面に転がったまま、好奇の色が宿った瞳《ひとみ》を俺たちに向けている。横の村長はまだ意識が戻る様子はない。

「あんたら……いったい何なんすか？　教えてくださいよ」

彼、早瀬一郎《はやせいちろう》の存在は多くの運命を歪《ゆが》めた。

彼が村長の共犯者にならなければ、由芽《ゆめ》の両親が死ぬことはなかったはずだ。

由芽が春宮《はるみや》家に来なければ、〝姥焼《うばや》き〟も行われなかった可能性が高い。

「あなたには、何も教えるつもりはないよ。村長もだが――ここで見たことはすぐに忘れることになる」

「え……？」

戸惑う彼に俺は背を向ける。

「夕緋《ゆうひ》」

「うん」

由芽に抱き付いたまま夕緋は頷《うなず》き、指先を少し動かす。

すると黒い帯が早瀬一郎の口と目、耳を塞《ふさ》ぐ。

「……早瀬と伯父は、どうなるんですか？　お婆様《ばあさま》や半野《はんの》院長のことだけじゃなく……五年前、私の両親を殺した罪も……本当に償《つぐな》わせることはできるんでしょうか？」

由芽は夕緋の肩越しに俺を見つめ、真剣な顔で問いかけてくる。

「彼らが目にした〝在り得ない出来事〟は、後始末をする人たちが〝なかったこと〟にしてくれる。五年前の件に関しては――俺がＩＣレコーダーの存在を警察に伝えておく。そうすれば再捜査が行われ、彼らの罪を白日の下に晒《さら》せるだろう」

「そう……ですか。それなら……これでもう、いいんですよね……」

頷きながらも由芽は怒りと悲しみが入り混じった表情をしている。

「いいんだよ、由芽ちゃん」

夕緋が由芽を強く抱きしめる。

「もういいの」

そう彼女が繰り返すと、由芽の体から力が抜けた。

「はい――」

由芽は自分を納得させるかのように、重く、強く、言葉を返した。


くぅーん……くぅーん……。


悲しげな犬の鳴き声が耳に届く。

「ほら――あの子にも、感謝しなきゃね」

夕緋は由芽から体を離し、声の方を見て言う。

奥屋敷の番犬であるタロウは、灰塚の前でお座りをし、切なげな声を上げている。

そこにかつての主人である春宮睦《むつ》が埋葬されていると、あの犬には分かるのだろう。

「お婆様……」

由芽《ゆめ》も灰塚を見つめて呟《つぶや》く。

しばし彼女は黙った後、俺に視線を向けた。

「葉介《ようすけ》さん。私も——責任を取ろうと思います。神主さんの命を奪ってしまったこと……警察に話します」

「…………」

だが俺はその言葉に何も返すことができなかった。

「由芽ちゃん……」

夕緋《ゆうひ》も複雑そうな顔で彼女を見ている。

「あの……葉介さん？」

戸惑った様子で問いかけてきた彼女に、俺は感情を抑えて告げた。

「残念だけど——君はもう、人として審判を受けることはない」

これは羽化を止められなかった俺の責任。

「どういう……ことですか？」

息を呑《の》む彼女に俺は説明する。

「一度、完全な怪物になった者は——たとえ姿が人に戻っても、怪物の血は覚醒《かくせい》したままになっている。君の場合なら……そうだな——あの落ち葉を燃えろと念じてみてくれ」

俺は地面に落ちていた枯れ葉を指差して言う。

「は……はい」

由芽は頷《うなず》き、枯れ葉に視線を向けた。

ボッ――！

長く念じる間もなく、すぐに枯れ葉は炎に包まれる。やはり彼女は〝ほむらさま〟の末裔《まつえい》だったのだろう。こちらの心が読まれている様子はないので弱体化はしているようだが、それでも驚異的な能力だ。

「そんな……」

自分のしたことが信じられない様子の由芽。

「今見た通り、由芽自身がもはや〝在り得ないモノ〟なんだ。こんな力を持った人間を警察が管理できるはずもない」

「じゃ、じゃあ私はこれからどう――」

動揺する由芽の手を夕緋が握る。

「由芽ちゃん、落ち着いて」

「夕緋さん……」

縋《すが》るように夕緋の手を握り返す由芽だったが、そこでハッとした表情を浮かべる。

「もしかして私……〝なかったこと〟にされるんでしょうか？」

ちらりと早瀬《はやせ》さんや村長の方を見て彼女は言う。

頭の回転が速い。

もう自分が置かれている状況について察しが付いたようだ。

「〝後始末〟の方向性によっては、そうなるかもしれない」

嘘《うそ》は吐《つ》けない。誤魔化しても彼女の現実が変わることはないから。

「……そう、ですか。でも——仕方ない……ことかもしれません。私のせいで——死んでしまった人がいるんですから」

肩を落とし、処遇を受け入れようとする由芽《ゆめ》。

俺はその姿を見て拳《こぶし》を握りしめる。

いつか——俺の幼馴染《おさななじみ》が人に戻れた時も、こんな顔をするのだろうか。

自分が〝何〟になっていたのか、どんなことをしでかしたのか——それを知れば、生きることを諦《あきら》めてしまうかもしれない。

だけど、もはや人として生きて行くことができなくても、俺は——。

「大丈夫だよ」

夕緋《ゆうひ》がもう一度由芽を優しく抱きしめた。

そして俺の妹は、こちらを横目で見ながら言う。

「わたしは——お兄様を信じてる」

2

伊地瑠《いちる》村から車で約三十分の距離にある隣町。

国道沿いに建つビジネスホテルのラウンジで、白羽《しらは》奏《かなで》は〝探偵〟から仕事が終了したとの報告を受けた。

「――今回もお疲れ様、葉介《ようすけ》君。あとはこっちに任せてくれていいから。すぐに迎えも来るはずよ」

そう言って彼女は通話を終え、向かいの席に座るスーツ姿の男性に微笑《ほほえ》みかける。

「じゃあ行ってあげたら？　お兄さん？」

からかうような口調。

「ああ、そうさせてもらおうか」

表情を変えず立ち上がったのは、混河《まぜかわ》純夜《じゅんや》。

怪物たちが集う〝家〟を束ねる者。

「言っておくけれど――別にあなたが見張っていなくとも、私は何もしなかったわよ」

奏が呆《あき》れ混じりの表情で言うと、純夜は細められた眼差《まなざ》しで彼女を射る。

「その言葉を鵜呑《うの》みにはできんな。〝災厄の獣〟の件以降、君たちは〝羽化〟に関してとても敏感になっている。今回も春宮《はるみや》由芽が羽化した時点で〝本隊〟が動く恐れがあった」

「でも、動かなかったじゃない」

「私がいたからな」

「違うわ。葉介君《ようすけ》への信頼よ」

真顔で答えた奏《かなで》に、純夜《じゅんや》は言う。

「……………弟を都合よく使っているようだが、あまり彼を甘く見ない方がいい」

「解体された〝お父さん〟みたいに？」

「──────」

奏が言い返すと純夜は口を噤《つぐ》む。

「私は葉介君を利用しているわけじゃないわ。仕事の報酬として、彼の求める情報を提供している。いたって健全で対等な関係よ」

「葉介が求める情報……〝災厄〟の手がかり、か。君が情報元な時点で、それこそ無駄骨を折らせているようなものだ」

「ええ──彼はずっと〝はずれ〟しか引いていない。でも彼はそれを無駄とは思っていないでしょう」

奏は純夜の目を見つめながら告げた。

「哀れなことだ──」

「そう？　私は怖いけど」

笑みを浮かべる奏。

純夜は小さく息を吐く。

「まあいい、最後に――今回の件をどのように処理するつもりかだけ聞いておこうか」

混河《まぜかわ》家の家長代理として彼は〝六課〟に情報を求める。

「別にいつも通りよ。春宮秀樹《はるみやひでき》と早瀬一郎《はやせいちろう》に関しては、幻想汚染された記憶を切除後――捜査本部に引き渡すわ。三年前の火祭りについての真相も公表するから、関わった村人たちは共謀、殺人の罪を問われることになるでしょうね」

祭りに村人の大半が関わっていたなら、伊地瑠《いちる》村は共同体として機能しなくなるだろう。

だがそのことには特に興味がないのか、純夜は〝彼女〟についてだけ訊《たず》ねる。

「春宮由芽《ゆめ》の処遇は？」

奏はわずかな間を置いて、こう告げた。

「そうね――彼女には、死んでもらうことになると思うわ」

3

「あー……やばかったぁ……」

ふらふらと大学の門を出た俺は、夏の青空を仰いで呟《つぶや》く。

伊地瑠《いちる》村の事件を解決した俺は、再び自分の日常に戻ってきていた。

だが数日間も事件に掛かり切りだったツケは重い。

急いで必修科目のレポートを仕上げようとしたのだが——間に合わずに不合格の判定を喰《く》らってしまったのだ。

講師の厚意で再提出の機会を貰《もら》い、何とか徹夜で書き直し——ギリギリで単位を得ることができた。

——やっと夏休みか。

今日はとりあえずアパートに帰って寝よう。

そう思っていたのだが——。


「お兄様ーっ！」


聞き慣れた声に呼ばれて、俺は足を止めた。

大学前の交差点。車が行き交う横断歩道の向こうで、日傘を差した少女が手を振っている。

「……夕緋《ゆうひ》」

俺は彼女の名を呟く。

信号が青に変わり、夕緋が駆け足でこちらに向かってくる。

もう一人——制服姿の少女の手を引いて。

「お兄様！　課題の提出終わったんでしょ？　じゃあ今からわたしたちと遊びに行こうよ！」

きらきらとした眩しい笑顔で夕緋は言う。

「…………分かった」

夕緋だけであれば「眠い」と断っていただろう。

けれどもう一人——期待に満ちた眼差《まなざ》しを向けられてしまうと、頷《うなず》かざるを得ない。

「やった！　よかったね！」

「はい——都会は久しぶりなので、楽しみです」

そうはにかみながら答えたのは——長い黒髪の少女、由芽《ゆめ》。

「いいねいいね！　わたしがいろんなところ案内してあげるから！〝お姉ちゃん〟にどーんと任せといてよ！」

胸を叩《たた》く夕緋に俺は呆《あき》れ混じりの視線を向ける。

「夕緋、あまりはしゃぎすぎないようにな」

「ムリムリ！　だって夢が叶《かな》ったんだもん。わたし、実を言うと昔からずっと妹が欲しかったんだ！」

夕緋はテンションを抑えるつもりはないらしい。

「あの……私も嬉《うれ》しいので……心配しなくていいですよ」

由芽《ゆめ》は別に困ってはいないと笑みを浮かべる。

そして俺たちは最寄りの駅に向かって歩き始めた。

夕緋《ゆうひ》の歩調は速く、俺と由芽が一歩遅れてついていく形になる。

「新しい生活には慣れたか？」

俺は歩きながら由芽に問いかけた。

「はい。夕緋さん——いえ、姉さんが良くしてくれますから。タロウも番犬として元気にお役目を果たしています。でも……」

そこで彼女は表情を曇らせる。

「何だ？」

「こんなに楽しくて、本当にいいんでしょうか。私は——自分がやってしまったことについて、何も償《つぐな》っていません」

俺はそれを聞いて首を横に振った。

「いや、由芽はとても大きな罰を受けた。怪物と化した春宮《はるみや》由芽は〝在り得ないモノ〟として処理され、もうこの世には存在しないんだから」

それはもはや死刑に等しい。

もう彼女は春宮由芽としての人生を歩むことはできない。

奏《かなで》さん――〝六課〟は春宮由芽が伊地瑠《いちる》山で死んだものとして処理したのだ。

その後、春宮睦《むつ》の遺骨も灰塚から発見され――村では二人の葬儀が行われたという。

「でも私……生きています」

「ああ――俺たちの〝家族〟としてな。混河《まぜかわ》家は、そういう集まりなんだ」

ただ、由芽の力はかなり危険なものであるため、危ういところではあった。

俺と夕緋が混河家と〝六課〟の双方に強く働きかけていなければ、どうなっていたかは分からない。

「人間以上の力と役割を持った者が集う家。怪物は混河家でしか生きることを許されない。きっと窮屈な思いをするだろうし、面倒な役割も負うことになる」

日傘を手に、軽い足取りで歩む夕緋の背中を眺めながら言う。

助手として危険から俺を守ってくれている妹。

だが本来、彼女にも自分の人生があったはずなのだ。

俺の視線に気付いたのか、彼女はくるんとこちらを振り向き、八重歯を見せて笑った。

「混河家はちょっぴりコワいところだけど、お兄様がいれば平気だよ。どんな時でも、何があってもお兄様は守ってくれるから」

俺よりもずっと強いはずの妹は、強い口調で告げた。

「まあ、大抵のことなら何とかするさ」

その信頼は少しばかり重いけれど、俺には応えるべき責任がある。

だから強がりではあるが、自信ありげな態度で頷《うなず》いた。

「はい——頼りにさせていただきます、兄さん」

ぺこりとお辞儀をする由芽《ゆめ》。

新たに家族となった〝ほむらさま〟の血を引く少女。

彼女の名は——混河《まぜかわ》由芽。

俺は二人の妹と共に、雑踏の中を歩いていく。

だが長く田舎暮らしだった由芽は人混みに戸惑い、遅れがちになってしまう。

見かねた俺は、彼女の手を取った。

「あ——」

由芽が驚いた表情を浮かべた後、安堵《あんど》の息を吐く。

「ありがとう……ございます」

「ほら、早速助けてくれたでしょ？」

夕緋《ゆうひ》が自分のことのように胸を張る。

そして彼女は俺の空いている手を摑《つか》んだ。

「でも、こっちはわたしのだからね」

そう言いながら夕緋は指を絡ませてくる。

「両手に花で嬉《うれ》しいでしょ?」

「…………」

「兄さん、無言ですけど……。やっぱり……私みたいな怪物に触れるのは、緊張しますよね」

肯定も否定もしない俺を見て、由芽《ゆめ》が表情を曇らせる。

自身の力が危険なものだと理解しているがゆえに、そんなことを思ったのだろうが……。

「いや、そういうわけじゃ――」

すぐに否定しようとする俺の言葉を、夕緋《ゆうひ》が笑いながら遮った。

「あははっ! そうだよ、違う違う。良いことを教えてあげるよ。これはね……照れてるの。

だって――」

夕緋は新たな妹に囁《ささや》く。

とっておきの秘密を明かすように。

「お兄様は――どんな怪物《なぞ》でも愛してくれる探偵なんだから」

あとがき

お久しぶりです、ツカサです。

この度は『お兄様は、怪物《なぞ》を愛せる探偵ですか？』を手に取っていただき、ありがとうございます。

ガガガではほぼ二年ぶりの新シリーズです。

この二年の間に、本当に色々なことがありました。

二回引っ越しをして環境が変わり、私生活でも大きな変化があって、新しいことをいくつか始めることになりました。

そのうちの一つが車の運転です。

学生時代に免許を取ってから十何年もペーパードライバーで、正直もう一生運転することはないんだろうなとさえ思っていました。

けれど今の住まいがわりと田舎なこともあり、車が必須になってしまった感じです。

ただペーパードライバーがいきなり車を運転できるはずもなく、教習所に講習を受けに行きました。十何年も経っているので当然全てを忘れています。〝そんなことも分からないのか〟という顔をされながらゼロから学び直し、なんとか運転できるようにはなりました。

講習中は、昔行った免許合宿の思い出がどんどん蘇ってきました。

当時私は別に免許取得に積極的ではなく、友人が夏休みに合宿に誘ってくれなければ取ろうともしなかったかもしれません。

実家のある京都《きょうと》から高速バスに乗って五、六時間ほどだったでしょうか。到着したのは鳥取《とっとり》駅前。

メンバーは私と大学の友人二人、それとその日が初対面だった〝友人の友人〟の計四名。

合宿場所を鳥取にしたのは、格安プランがあったのと、何となく砂丘《さきゅう》を見てみたかった——程度の動機だったように思います。

ただ実際に合宿に行ってみるとスケジュールに余裕はなく、ほとんど教習所とホテルに缶詰め状態でした。

そんな中、たった一日だけ休みがあり、その日に皆で自転車を借りて鳥取砂丘へと向かいました。自転車だと少し遠くて疲れましたが、辿《たど》りついた砂丘は思っていたよりも別世界感があって面白かったです。

ただこの免許合宿には苦い思い出もあります。仮免の試験に一回落ちてしまったせいで大学の友人たちとスケジュールがズレてしまい、同じく試験に落ちた〝友人の友人〟と二人取り残されてしまったことです。

合宿中、それなりに話すようにはなっていたのですが、特別仲良くなったわけではなく——二人きりで話したのも数えるほど。

あの時の空気感、なんとなーく気まずい感じは、今も心に残っています。

帰りの高速バスも二人一緒だったのですが、ぽつぽつと当たり障りのない世間話をして時間が過ぎるのをお互いに待っていました。

これからグループで免許合宿へ行かれる方は、マジで試験は一発合格を心掛けた方がいいと思います。皆揃《そろ》って笑顔で帰るために……。

そしてそれから十何年。

ようやくその免許を使う時が来たという感じです。ただ実際、学生時代に取っていなければかなり面倒なことになっていたので、合宿に参加したことは本当に良い選択でした。

ちなみに今……昨夜の大雪で車が完全に埋まってしまい、せっかくの車も使えない状況になっています。

田舎でも雪はあまり積もらない地区だと聞いていたので、油断していました（スタッドレスにはしてありますが）。雪の中を歩くための長靴すらありません。詰みました。

引っ越してきて初めての冬なので、色々と甘く見ていた感じです。幸い食糧と灯油は溜め込んであるので、雪がある程度溶けるまで引き籠《こも》っていようと思います。

さて、それではそろそろ謝辞を。

今作のイラストを担当してくださった千種《ちぐさ》みのり先生。キャラクターたちをとても魅力的に描いてくださり、ありがとうございます！

イラストにしてくださったどのシーンも素敵で、いつまでも眺めていたくなります。表紙の夕緋《ゆうひ》、とっても可愛《かわい》いです！

編集のＨ様。前作の『明日の世界で星は煌《きら》めく』から引き続き本作を担当してくださり感謝です。

新たな企画を立ち上げるというのは本当に大変で、この作品を世に出せたのはＨ様のお力のおかげです。探偵物は以前漫画原作という形で携わったことはあるのですが、小説という形では初めてで――当初は色々と粗《あら》も多く、Ｈ様のご指摘に救われました。おかげでこの作品を納得できる形に仕上げることができたと思います。今後ともよろしくお願いします。

そして最後に読者の方々へ最大級の感謝を。

それでは、また。

二〇二三年　二月　ツカサ

Character Design

混河葉介

Yosuke Mazekawa

Is my brother a detective
who can love mystery monsters?

Character Design

混河夕緋

Yuhi Mazekawa

Is my brother a detective
who can love mystery monsters?

Character Design

春宮由芽

Yume Harumiya

Is my brother a detective
who can love mystery monsters?

Character Design

白羽奏

Kanade Shiraha

Is my brother a detective
who can love mystery monsters?

AGAGAGAGAGAGAGAGAGAGA

たかが従姉妹との恋。

著／中西《なかにし》 鼎《かなえ》

イラスト／にゅむ
定価 704 円（税込）

初めてキスをしたのは幹隆が小学六年生の時、相手は四つ年上の従姉だった——。その経験を忘れられないまま高校生になった彼は、美しく成長した大学二年生の従姉と再会する。従姉に恋した少年の甘くて苦い恋物語。

ガガガ文庫3月刊

お兄様は、怪物《なぞ》を愛せる探偵ですか？

著／ツカサ

イラスト／千種《ちぐさ》みのり

“人外の仕業”と噂される事件の謎を解くことで、怪異を封じる力を持つ混河葉介。葉介の助手を務めるのは、とある秘密を抱えた妹・夕緋。ワケありの【兄×妹】バディが挑む、新感覚ミステリ！

ISBN978-4-09-453116-9（ガつ2-26）　定価836円（税込）

高嶺の花には逆らえない3

著／冬条《とうじょう》 一《はじめ》

イラスト／ここあ

夏祭りから、葉はあいりと話すことができずにいた。「立花さんの真意を知りたい」藤沢の後押しで、葉はあいりの自宅に行くことに。だが行き着いた先は、葉にも馴染みのある、初恋の人が住んでいた家だった――。

ISBN978-4-09-453117-6（ガと5-3）　定価792円（税込）

負けヒロインが多すぎる！5

著／雨森《あまもり》たきび

イラスト／いみぎむる

迫るバレンタインデー。佳樹が手作りチョコを贈るのは――まさかの兄以外!?　動転した温水は、文芸部メンバーの力も借りつつ、相手の素性調査に乗り出すが……？　ブラコン妹×シスコン兄の行く末やいかに!?

ISBN978-4-09-453118-3（ガあ16-5）　定価836円（税込）

ガガガブックス

異世界忠臣蔵3 ～仇討ちのレディア四十七士～

著／伊達《だて》 康《やすし》

イラスト／紅緒《べにお》

国外追放を命じられてしまったクラノス。亡命先のケイト王国ではまさかの誘惑が待っていて……？　一方、帝都ではミナイツェを中心とした新たなキーラ襲撃計画が企てられていた。仇討ちファンタジー第3幕！

ISBN978-4-09-461164-9　定価1,320円（税込）

GAGAGA
ガガガ文庫

お兄様は、怪物《なぞ》を愛せる探偵ですか?

ツカサ

発行　2023年3月22日　初版第1刷発行

発行人　鳥光 裕

編集人　星野博規

編集　林田玲奈

発行所　株式会社小学館
〒101-8001 東京都千代田区一ツ橋2-3-1
[編集]03-3230-9343 [販売]03-5281-3556

カバー印刷　株式会社美松堂

印刷・製本　図書印刷株式会社

Printed in Japan ISBN978-4-09-453116-9